Christian Haller
Das Institut

Christian Haller

# Das Institut

Roman

Luchterhand

*Endlich solltest du doch einmal einsehen,
was das für eine Welt ist,
der du angehörst, und wie der die Welt regiert,
dessen Ausfluss du bist;
und dass dir die Zeit zugemessen ist, die,
wenn du sie nicht brauchst dich abzuklären,
vergehen wird, wie du selbst.*

Marc Aurel, Selbstbetrachtungen

# TEIL 1

1975 – 1977

# 1

Die Unruhen am Institut für Soziales begannen kurz nach meinem ersten Arbeitstag im September 1975. Ich zog die schwere, mit Kupfer beschlagene Eingangstür auf, betrat das Foyer und stand im gedämpften, warmen Licht der Deckenstrahler. Von der gegenüberliegenden Wand sah mich ein ernstes, selbstbewusstes Gesicht an: die Bronzebüste des Gründers der Wilfors, Alois Baltensperger, 1893–1965.

Ein Fleck grauen Lichts, das durch die seitliche Glaswand hereinfiel, lag auf den dunklen Steinfliesen, und ich folgte dem Hinweisschild, das mich zum Tagungssekretariat wies.

Eine junge Frau, den Telephonhörer am Ohr, blickte auf, sagte »One moment, please« und deckte mit der Hand die Sprechmuschel ab.

– Wie kann ich Ihnen helfen?

– Thyl Osterholz. Ich werde von Ben Seymour erwartet.

– Hold the line, please, sagte sie ins Telefon, drückte Knöpfe an der Schaltzentrale, meldete meinen Namen.

– Nehmen Sie bitte im Foyer einen Augenblick Platz. Herr Seymour wird Sie abholen.

Ich hatte mich vor einer Woche um eine Stelle als Aushilfe beworben. Das Stipendiengeld blieb mit dem Abschluss des Studiums aus, und ich wusste nicht, was ich mit dem Diplom in Biologie anfangen sollte. Nach halbherzigen Bewerbungen riet mir meine Freundin zu einem Gelegenheitsjob. Ich hätte dann Zeit zu überlegen, wofür ich mich künftig entscheiden wolle. So fragte ich auf Empfehlung eines Bekannten beim Institut für Soziales um Arbeit nach. Ich wurde zu einem Gespräch eingeladen, an dessen Schluss der Institutsleiter, Herr Lavetz, sagte: »Wir haben zwar keine Arbeit für Sie, aber Sie fangen am nächsten Montag an.«

Ich saß kaum in einem der Ledersessel neben der Glaswand, als Ben Seymour vor mir stand, groß, schlank, in Cordhose und Rollkragenpullover. Sein Gesicht war von ungesunder Farbe, und eine Strähne fettigen Haars hing ihm in die Stirn. Er machte eine ausfahrende Geste mit dem Arm.

– Herr Osterholz – ich freue mich sehr!

Er lächelte, entblößte dabei die vorstehenden Zähne. Er sprach mit englischem Akzent und hatte die Eigenart, einzelne Wörter durch Dehnen zu betonen.

Ich würde, wie der Institutsleiter entschieden habe, in seiner Abteilung »Internationale Kongresse« eine kleine Aufgabe übernehmen, sagte er, doch fürs Erste werde er mich durchs Institut führen. Ich solle schließlich wissen, wohin es mich verschlagen habe.

Er lachte ein kurzes, keuchendes Lachen, wandte sich

ab, durchquerte das Foyer und öffnete eine der Türen zum Tagungssaal.

Die Wände waren mit hellem Holz getäfelt. Vorne nahm das Podest der Referenten die ganze Breite ein, überblickte die Reihen schwarzer Tische mit senkrecht aufgebogenen Mikrophonen. Seitlich zur Innenwand hin spiegelten die Glasscheiben der Übersetzerkabinen das Licht, das durch die Front aus Fenstertüren hereinbrach. Der Saal ging nahtlos in den Park über, in eine Komposition aus Rasenflächen, Hügeln und Senken.

In diesem Saal, erklärte Ben Seymour, trafen sich bei den internationalen Kongressen die Größen aus Politik, Wirtschaft und Wissenschaft, Berühmtheiten, von denen die »gewöhnlichen Leute (the ordinary people)« bestenfalls in den Zeitungen lasen.

– Sie aber werden sie *erleben*, sagte er mit einem Anflug von Begeisterung in der Stimme.

– Sie werden dabei sein, wenn zum Beispiel Seine Exzellenz Scheik Ahmed Zaki Yamani, Petrolminister aus Riad, lächelnd den Regierungs- und Wirtschaftsleuten erklärt, was die Folgen für sie sein werden, sollte er an der Förderschraube drehen.

In diesem Saal habe Horkheimer eine Herzschwäche erlitten.

– Sein Kopf schlug zwischen Tür drei und vier an die Wand, während ein Fernsehmann bereits die Kamera auf ihn richtete, um das Sterben des großen deutschen Philosophen »abzudrehen«.

Die Anekdoten sollten den Neuling beeindrucken und diesem vielleicht andeuten, er könne hier am Institut tatsächlich etwas »über die Welt erfahren, der wir angehören«, wie ich während des Vorstellungsgesprächs etwas großspurig Marc Aurel zitiert hatte. Und ich war beeindruckt. Ich stellte mir all die Berühmtheiten vor, die dagesessen und an dieselben Wände geblickt hatten wie ich jetzt. Sie hatten verdaut und geschwitzt, geredet und nachgedacht. Sie würden hier aus Ben Seymours Anekdoten heraus in die Wirklichkeit treten, zu leibhaftigen Persönlichkeiten werden, eine auserwählte Gesellschaft, zu der ich Zugang erhalten würde, wenn auch nur am Rand und für eine kurze Zeit.

Wir verließen den Tagungssaal und betraten gegenüber das Studio. An dem hufeisenförmigen Tisch, umstellt von lederbezogenen Stühlen, würden unter einem Kranz Lampen die Gespräche geführt, die nicht für die Öffentlichkeit bestimmt seien.

– Achten Sie auf das Fenster, sagte Ben Seymour und deutete auf eine kleine, viereckige Öffnung mit in Sichtbeton angedeutetem Rahmen.

– Sie finden die Art Fenster überall im Institut, eine Idee des Gründers. Die Landschaft wird durch den Rahmen zum Kunstwerk. Verstchen Sie, der Rahmen ist »creator«, durch ihn erst wird aus einem alltäglichen Ausblick ein Bild, ein Gemälde. Und da die Landschaft sich ändert, behält der Rahmen seine kreative Rolle durch das Begrenzen des Ausschnitts bei …

Wir gingen die geschwungene Treppe hinunter zum Speisesaal, der durch einen langen Tresen von der Essensausgabe und Küche abgetrennt war. Zwischen den Kongressen würden hier auch die Angestellten essen, das Institut habe einen Koch. Die geistige Nahrung hingegen würde auf der gegenüberliegenden Seite eingenommen, und Ben Seymour führte mich in die Bibliothek.

– Hier ist Ihr Arbeitsplatz, sagte er und blieb bei einem Lesepult an der Fensterfront stehen, auf dem ein Stapel englischer und amerikanischer Zeitungen und Zeitschriften lag.

– Sie können einen Teil auch zu Hause erledigen, wie Herr Lavetz bestimmt hat. Sie müssen nicht täglich anwesend sein.

Die Wände waren hier ebenfalls mit Holz getäfert, was dem Raum eine warme und ruhige Atmosphäre verlieh. Ein flüchtiger Blick über die Bücherrücken zeigte mir, dass vor allem Studien und Sachbücher die Regale füllten.

– In den Zeitschriften sind Artikel markiert, die Sie auf den vorgedruckten Formularen in fünf Stichworten zusammenfassen sollen. Diese werden in eine der neuen Computermaschinen übertragen, durch die wir möglichst früh erkennen, welche gesellschaftspolitischen Diskussionen wichtig werden. Wir müssen die Ersten sein, die einem Thema internationale Aufmerksamkeit verschaffen.

Dann ließ Ben Seymour mich vor dem Vorzimmer und Büro des Institutsleiters stehen.

## 2

Herr Lavetz saß zurückgelehnt in seinem Sessel, sah an die Wand über meinem Kopf und fuhr mit dem rechten Zeigefinger über den Nasenrücken. Er war etwas über fünfzig, hatte gelichtetes, zurückgekämmtes Haar, das Gesicht war gebräunt und leicht gedunsen. Er wolle mich begrüßen, sagte er, und hoffe, ich würde mich gut einarbeiten und mich mit dem Institut und seinen Aufgaben vertraut machen. Das Institut sei eine Gründung von Alois Baltensperger, der die Wilfors aus regionalen Genossenschaften aufgebaut habe, heute ein Konzern. Der Wilfors gegenüber habe das Institut die Aufgabe, das wirtschaftliche wie auch das soziale Erbe des Gründers zu bewahren. Dies geschehe durch die Organisation von Zusammenkünften wichtiger Entscheidungsträger.

Am Abend schwärmte ich von der Architektur des Instituts, dem Park, der Lage mit Blick auf den See, während Isabelle kochte. Ich sagte ihr, wie faszinierend es sein werde, mit bedeutenden Persönlichkeiten in Kontakt zu kommen, einen Gesellschaftskreis kennenzulernen, zu dem ich sonst kaum jemals Zutritt erhalten hätte.

– Was mich verblüfft hat, sagte ich, im Büro des Institutsleiters musste ich mich auf eine Bank vor dessen Pult setzen, niedrig wie eine Schuhablage, und Herr Lavetz erzählte, es gäbe mit dem Chef der mächtigsten Genossenschaft der Wilfors ein noch vertrauliches Projekt, das sie nach dessen Wahl zum neuen Konzernchef realisieren wollten. Die Kartei, für die ich die Artikel in fünf Stichworten zusammenfasse, sei ein Teil dieses Projekts und diene als Modellversuch, wie sich diese neue Computertechnologie künftig in verschiedenen Arbeitsgebieten der Wilfors nutzen lasse.

– Was ich nicht verstehe, weshalb erzählt der Institutsleiter mir, einem Teilzeitangestellten, von einem Projekt, das vertraulich ist, und das am ersten Tag?

Isabelle wendete am Herd das Omelett, und ich stellte die Gläser auf den Tisch, holte Teller und Messer und gestand, dass ich vergessen hatte, Brot einzukaufen.

– Schaust du bitte im Kühlschrank nach, ob vom gestrigen Weißwein noch etwas übrig ist?

Nach einem ersten Schluck sagte Isabelle:

– Dass der Institutsleiter mit dem künftigen Konzernchef ein vertrauliches Projekt erarbeitet, erklärt vielleicht, weshalb er dich »ohne Arbeit für Sie zu haben« eingestellt hat. Und dass deine Aufgabe, die Artikel der Zeitschriften in fünf Stichworte zusammenzufassen, sehr viel wichtiger ist, als die Mitarbeiter wissen.

Während wir das Omelett ohne Brot aßen, klagte ich, das Zusammenfassen der Fachartikel sei oft schwierig, und ich käme nur langsam voran. Das liege nicht nur daran, dass mein Englisch alles andere als perfekt sei. In den Artikeln würden oft Fachausdrücke verwendet, die mir unbekannt seien.

– Die Buchstaben zu zwei oder drei Stichworten kann ich oftmals rasch in die vorgedruckten Quadrate eintragen, zum Beispiel UMWELT / KLIMA / OZONLOCH … doch dann wird es schwierig. Was dann? GESUNDHEIT? SONNENBRAND? HAUTKRANKHEITEN?

– Du musst nicht das Welträtsel lösen, Thyl, du machst eine Aushilfsarbeit, mehr nicht, und verdienst etwas Geld.

Etwas? Als die erste Zahlung Ende September kam, war ich verblüfft. Der Postbote brachte das Dreifache von meinem monatlichen Stipendiengeld, und ich schämte mich für den Betrag, denn so viel konnte mein Zusammenstoppeln von Stichworten gar nicht wert sein.

# 3

Wie Ben Seymour angeboten hatte, arbeitete ich an manchen Tagen zu Hause. Doch zwei-, dreimal die Woche fuhr ich ins Institut, saß am Nachmittag in der Bibliothek, las die markierten Artikel in den Zeitschriften und trug die sie charakterisierenden Stichworte in die Formulare ein. Ich fand die Arbeit anregend, lernte in den amerikanischen und englischen Periodika neue Themen kennen, auch mir unbekannte Sichtweisen, und wenn es oftmals schwierig war, die passenden Stichworte zu finden, so gefiel mir, lesen zu dürfen, dafür bezahlt zu werden und dabei an keine festen Zeiten gebunden zu sein. Ich trug die aufgewendeten Stunden in eine Liste ein, die ich am Ende des Monats abgab, und bekam durch den Postboten meinen Lohn ausgehändigt.

Nachdem ich an einem Nachmittag mit den bereitgelegten Zeitschriften fertig war, stieg ich ins Untergeschoss, um weiteres Material in Bens Büro zu holen. Der Kellerraum war von Neonröhren erhellt, über Türmen von Zeitungen und Zeitschriften lagerten Schwaden von Zigarrenrauch, und ein staubgrauer Teppichpfad führte zwischen den Stapeln zu Bens Pult, auf dem sich die

Sedimente von Briefen und Prospekten im Schein einer Tischlampe schichteten. Im Schachtfenster serbelte zäher Cotoneaster, und auf dem Fenstersims reihten sich die Kaffeetassen, Gläser und Aschenbecher.

Dies also war der Ort, aus dessen Dunst und Ablagerungen die Themen künftiger Tagungen stiegen, Veranstaltungen, die den Ruf des Instituts begründeten und von denen die hauseigene Zeitschrift *Streiflichter* lebte. Nein, sagte Ben auf meine Frage hin, er brauche nicht alles zu lesen. Das Material aber um sich zu haben, sei dennoch notwendig. Beim Querlesen oder auch nur Durchblättern spüre er, welche Themen in der öffentlichen Diskussion wichtig würden. Die Kunst jedoch bestünde im Finden der »richtigen und wichtigen Namen«, die als Referenten klare Standpunkte vertreten, Aufmerksamkeit schaffen oder mit ihren Ansichten provozieren. Er war gerade dabei, mir zu erklären, worauf beim Schreiben eines Briefs an eine der Berühmtheiten zu achten sei, als Bernhard Wiedemann hereinkam, zwischen den Papiertürmen stehen blieb und auf seiner erloschenen Toscanello kaute. Er war Redaktor der *Streiflichter*, Mitte dreißig mit bereits dünnem, schwarzem Haar. Er neigte zu einer wabbeligen Füllichkeit.

– Kommt Thorsten Øreborg zur Fettsucht-Tagung?

Bens Sekretärin Gerda, die gebeugt über der Schreibmaschine gesessen hatte, wandte sich auf ihrem Drehstuhl um, eine junge, grobknochige Frau, sah Wiedemann geduckt von unten her an. Sie zuckte leicht die Schultern.

Ben, statt zu antworten, fuhr in seiner Erklärung fort, weshalb er beim Schreiben an Referenten ähnliche, ihrer Ausdrucksweise nachempfundene Sätze benutzte. Man müsse deshalb deren Bücher lesen, um den Ton zu treffen, die Argumentation zu kennen und deren Ansichten als Ergebnis eigenen Nachdenkens darzustellen. Als Gleichgesinnter schaffe dies ein enges Band, und es schade nicht, durchblicken zu lassen, man halte allein den Standpunkt des verehrten Herrn Referenten für den wichtigsten der ganzen Tagung. Die Einladung anzunehmen, sei deshalb absolut notwendig.

– Du machst doch die Tagung zum Thema Fettsucht?

Bernhards weiches, zerfließendes Gesicht war ernst, im Blick ein sorgenvolles Abwarten.

– Ich muss wissen, ob ich dieses Jahr noch ein *Streiflichter* zum Thema der Fettsucht herausbringen kann.

Ich mochte Ben, und ich bewunderte ihn auch. Ich hatte längst begriffen, dass er der eigentliche Kopf des Instituts war. Er schaffte es, ihm Glanz und Größe zu geben, und er hatte die Fähigkeit, die Berühmtheiten der Welt hierher zu bringen, in dieses Institut mit Blick auf See und Berge.

– Ich muss Øreborg zurückrufen, sagte Ben kurz angebunden.

– Ben! Du hast ihm noch nicht einmal geschrieben. Ich habe dich schon zweimal erinnert …

Gerdas Gesicht war rot vor Erregung.

– Du hast überhaupt nicht an der Tagung gearbeitet. Und die Zeit …

– … wird knapp, ich weiß. Hat schon je eine meiner Tagungen nicht stattgefunden?

Bens Ton war gereizt, sein Gesicht blass, die Haut ungesund. Er verschwand kurz darauf aus seinem Büro, und Gerda, seine Sekretärin, sah mich an, als könnte sie nur mit größter Mühe ihre Klagen über Ben zurückhalten.

# 4

– Ich mag Ben Seymour, sagte ich zu Isabelle, doch ich vermute, dass die Begeisterung, der Idealismus, der Sinn, den eine Arbeit hat, irgendwann verbraucht und zerschlissen sind. Ben wirkt müde, ausgelaugt.

Ich hatte gewartet, bis Isabelle nach Hause kam. Sie arbeitete als Physiotherapeutin im Spital, und obwohl sie feste Arbeitszeiten hatte, gab es am Ende des Tages noch immer etwas aufzuräumen, zu notieren, abzuschließen. Es konnte an manchen Tagen halb acht werden, bis sie nach Hause kam.

– Ben ist ein kluger Kopf, fuhr ich fort, mit einer Fähigkeit, die ich bewundere. Er kann einem Thema Bedeutung geben, es zu einer überlebenswichtigen Sache machen, die besprochen und gelöst werden muss. Obwohl ich noch keinen seiner Kongresse miterlebt habe, kommt er mir wie ein Theaterautor vor, der seine eigenen Stücke auf die Bühne bringt, entscheidet, wer die Schauspieler sind, und das Publikum mit in die Handlung einbezieht.

Nein, ich habe Isabelles erstaunten Blick über meine Begeisterung für Kongresse nicht gespürt, zu sehr war ich in meinen Gedanken gefangen.

– Doch offenbar gibt es auch Versäumnisse bei der Vorbereitung einer Tagung …
– Thyl, ich hatte einen strengen Tag.
Auch Isabelle war müde und erschöpft. Sie hatte seit sieben Uhr früh gearbeitet. Sie hörte sich den ganzen Tag die Probleme ihrer Patienten an, Menschen, die ihr nicht nur ihre Leiden, sondern oft auch die Lebensgeschichte erzählten. Sie war abends nicht erpicht, sich noch weitere anzuhören.
– Was kümmern dich die Belange des Instituts? Du bist noch zwei, drei Monate, vielleicht bis Frühjahr dort angestellt. Fülle deine Formulare mit fünf Stichworten aus und schau dich nach einer Arbeit um, die dir und deinem Studium entspricht.
Für mich war meine Arbeit längst kein Aushilfsjob mehr. Ich mochte das Institut, die Räumlichkeiten, die Mitarbeiter, die ich allmählich kennenlernte. Ich konnte meine Zeit einteilen, wie ich wollte, konnte lesen, wie ich es vor dem Studium getan hatte. Zwar keine belletristischen Werke wie damals, sondern Times, Guardian, New York Times, The Economist, Science. Ich bewegte mich in einer internationalen Sphäre von Themen, Forschungsergebnissen, gesellschaftlichen Problemfeldern. Warum sollte ich mich beeilen und mich nach einer anderen Stelle umsehen, solange ich bezahlt wurde, die Essays in der *New York Review of Books* zu lesen?
Ich verschwieg Isabelle, dass ich keine Lust hatte, mich um eine neue Stelle zu bemühen.

# 5

Lavetz hatte mich beim Vorstellungsgespräch gefragt, was ich über das Institut wisse, und ich hatte geantwortet, dass Professor Goldberg, der mich ihm empfohlen habe, lediglich von den internationalen Kongressen berichtet habe, die das Institut organisiere und an denen er selbst schon als Referent teilgenommen habe. An dieser bescheidenen Kenntnis hatte sich wenig geändert, obwohl ich bereits zehn Wochen am Institut war. Es gab keinen Grund, mich mit der Geschichte des Instituts oder mit den konkreten Projekten zu beschäftigen. Meine Arbeit war Teil eines Konzepts, das Lavetz mit dem künftigen Chef der Wilfors erarbeitete und das nichts mit dem Institut zu tun hatte, sondern die künftige Strategie des Konzerns betraf.

An einem Morgen bekam ich früh von Ben Seymour einen Anruf.
– Heute Nachmittag Besprechung um zwei Uhr. Wichtig!

Wir saßen in Jacken und Mänteln am Tisch auf der Terrasse. Lavetz, im Stuhl zurückgelehnt, legte die Fingerspitzen auf die Stirn und zupfte mit den Daumen an der

Unterlippe. Ben und Bernhard, Zigarren im Mund, stießen Rauchwolken in die föhnige Luft.

Mit einem Ruck setzte sich Lavetz auf.

– Also zur Sache.

Er umfasste die Stuhllehnen und beugte sich vor.

– Letztes Frühjahr haben wir eine internationale Studientagung zum Thema Medizin und Gesundheitswesen durchgeführt. Jetzt planen wir eine Fortsetzung. Dabei soll es um den Zusammenhang von Ernährung, Pharmaindustrie und Profit gehen.

Er nickte Ben zu, das Thema auszuführen, und der legte seine Havanna auf den Rand des Aschenbechers.

Es ginge darum zu zeigen, sagte er, wie die aufkommende Convenience-Food-Industrie mit ihren Produkten die Konsumenten übergewichtig mache, wovon die Pharmaindustrie profitiere, da Übergewicht zu Diabetes und zu Herzerkrankungen führten.

– Ein geschlossener Kreislauf, der das Gesundheitswesen belastet und die Volkswirtschaft einiges kostet, zu schweigen von den Menschen, die an Fettsucht sterben.

Bens Augen blitzten, und in einem schadenfreudigen Ton sagte er, mit der Tagung würden wir gleich zwei mächtige Industriezweige in die Zange nehmen.

Er steckte sich die Havanna in den Mund, kippte in den Stuhl zurück. Keiner der drei sprach. Lavetz hatte seine alte Haltung eingenommen, die Fingerspitzen auf die Stirn gelegt, doch nun sah er mich durch diese kurzen schwieligen Finger an, und ich konnte den Blick spüren, wie er in mich drang, in meinem Kopf, in meiner Brust herumtastete, als prüfte er, ob es die Stärken gab, die er vermutete, aber auch Schwächen, die sich nutzen ließen.

Er lehnte sich vor:

– Machen Sie es?

Gemeint war die Tagung zum Thema Fettsucht.

Mir blieb keine Zeit zur Überlegung. Es gab nur das Ja, ein rasches, bestimmtes Ja, oder ich würde weiterhin Artikel zusammenfassen.

– Gut!, sagte Lavetz.

Dann in knappem, militärischem Ton:

– Wie gehen Sie vor?

Erst jetzt wurde mir bewusst, dass ich zu etwas Ja gesagt hatte, von dem ich keine Ahnung hatte. Ich antwortete, was mir einfiel:

– Ich werde zur Bibliothek gehen und mich anhand der Literatur in das Thema einarbeiten.

– Genau das werden Sie nicht tun. Sie sind hier nicht an der Universität, und hier wird auch nicht geforscht. Von Fettsucht und Medikamenten brauchen Sie nichts zu verstehen. Es genügt, die richtigen Leute zu kennen, Leute, die sich kritisch zum Thema geäußert haben. Diese müssen Sie finden. Reisen Sie herum, telephonieren Sie!

Ich schluckte und nickte.

– So, los, Namen!, kommandierte Lavetz.

Ben und Bernhard rückten die Stühle, nannten Amerikaner, Franzosen, Deutsche, Experten und Ärzte, Professoren und Priester, nannten auch Institutionen und Firmen, ein Trommelfeuer von Namen, das mich verwirrte. Die Seite meines Schreibblocks blieb leer, und ihr Weiß löste eine Panik aus.

Lavetz fasste die Armlehnen, stemmte die Arme an.

– Haben wir's? Gut!

Er stand auf, wandte sich zur Glastür, blieb unvermittelt stehen.

– Dass ich es nicht vergesse. Sie fliegen nächste Woche nach London. Ihr Flug ist gebucht. Sie besuchen den weltweit ersten Fachkongress zum Thema Übergewicht.

# 6

Isabelle war nicht begeistert, als ich ihr erzählte, ich hätte zugesagt, am Institut einen internationalen Kongress zu organisieren. Über das Thema wüsste ich nichts, doch ich würde nächste Woche zu einer Fachtagung nach London fliegen.

Wir waren unterwegs zu einem befreundeten Ehepaar, das uns zum Abendessen eingeladen hatte. Isabelle fuhr, und ich schaute aus dem Seitenfenster, wo zwischen Häusern Ausschnitte des Sees und des gegenüberliegenden Hügelzugs sichtbar wurden. Auf dessen dunkler Linie lagen vor dem dämmrigen Abendhimmel irgendwo der Park und das Institut.

– Ich verstehe dich nicht, Thyl. Du wolltest eine Aushilfsarbeit, um etwas zu verdienen und während der Zeit zu überlegen, was du künftig machen willst. Du hast dich auf zwei Stellen als Biologe beworben und willst nun einen Kongress zu einem dir völlig fremden Sachgebiet organisieren? Bist du dir bewusst, dass du dich mit deiner Zusage festgelegt und für eine Arbeit entschieden hast, die nichts mit deinem Studium zu tun hat?

Seit wir uns kannten, hatten mir ihre Einwände das Gefühl gegeben, etwas falsch zu machen, die Dinge nicht richtig zu beurteilen, sie fehl einzuschätzen. Aber tat ich das? Mich faszinierte das Angebot, selbst einen Kongress wie Ben zu organisieren. Ein eigenes Theaterstück!

– Bis vor ein paar Monaten war alles klar geregelt, sagte ich. Es gab erklärte Ziele – Praktika und Prüfungen – einen gradlinigen Weg. Bequem und unproblematisch, sieht man von der Gefahr ab, zur Reproduktionsmaschine wissenschaftlicher Fakten zu werden. Doch jetzt? Ich habe das Studium als Bester des Jahrgangs abgeschlossen, ja. Ich habe mich bei einem Projekt in Indien und bei der Stelle für Ökologie in einem Ingenieurbüro beworben. Ohne Ergebnis. Die einzige freie Stelle, die ich bekommen kann, ist ein Lehramt an einem Gymnasium. Ich habe aber keine Lust, gelangweilte Jugendliche zu unterrichten, zumal ich zwar viel über die wissenschaftlichen Grundlagen des Lebens weiß, aber kaum etwas darüber, wie es sich außerhalb von Schule und Universität lebt.

Isabelle hatte ein leicht ironisches Lächeln, das mich augenblicklich verstimmt schweigen ließ: Es glich der liebevollen Nachsicht mit einem Kind.

– Es verlangt ja niemand, dass du Lehrer wirst. Doch deswegen brauchst du nicht das erstbeste Angebot anzunehmen, das du bekommst. Du hättest dich zum Beispiel um eine Forschungsstelle bemühen können.

– So abstrakt wie die Wissenschaft selbst, so abstrakt wird das Leben für den, der sich der Forschung widmet. Das Dasein nimmt die Deformation physikalischer Gesetze an. Man lebt den Entropiesatz und wundert sich über die zunehmende Verdünnung der Substanz. Das Ende: ein weißer Labormantel, der, wenn er abends abgelegt wird, niemanden mehr hinterlässt.

– Das hast du mir schon x-mal auseinandergesetzt, wodurch es auch nicht wahrer wird.

Wie sollte ich Isabelle erklären, was mich umtrieb? Nach dem Gymnasium hatte ich auf Anraten meines Deutschlehrers erst einmal nur gelesen. Ich lernte durch die Lektüren viel über das Leben, nur nicht über mein eigenes. So hatte ich mich entschlossen, es wenigstens faktisch kennenzulernen, und begann, Biologie zu studieren. Jetzt aber wollte ich das Leben erfahren. Als Ben Seymour mir an meinem ersten Arbeitstag die Räumlichkeiten gezeigt hatte, er von den Persönlichkeiten erzählte, die in dem Saal aufgetreten waren und gesprochen hatten, war ich fasziniert und sicher gewesen, hier könnte ich Einsicht erhalten, wie die Welt außerhalb der Bücher und fern der Theorien aussieht. Ich bekäme Einblick in eine Gesellschaft, die den meisten Menschen unzugänglich ist, lernte internationale Berühmtheiten kennen, bewegte mich in exklusiven Milieus. Das war, was ich kennenlernen wollte. Weshalb verstand Isabelle nicht, dass ich mit der Organisation eines Kongresses eine einmalige Chance bekommen hatte?

# 7

Serge Marton arbeitete als Assistent am historischen Seminar der Universität, seine Frau Fania war Gynäkologin, und ihre Altbauwohnung mit Seeblick machte uns stets ein wenig neidisch. Sie war groß, hatte hohe Räume mit Stuckdecken, altem Parkett und eine wunderbare Terrasse zum abfallenden Garten hin. Die Miete war unglaublich günstig. Die alte Dame, der das Haus gehörte und die im oberen Stockwerk wohnte, brauchte keine Miete, wie sie sagte, doch Mieter, die freundlich, ruhig und angenehm waren, ihr auch mal halfen, und all das waren Serge und Fania: ruhig, freundlich, hilfsbereit.

Ich hatte Serge vor drei Jahren zufällig auf der Straße getroffen, nachdem wir uns seit der gemeinsamen Schulzeit in Ruhrs nicht mehr gesehen hatten. Ich war in der zweiten Grundschulklasse gewesen, als die Martons zuzogen. Serges Vater hatte sich als Finanzchef der »KaWe, Keramik-Werke« beworben, in der mein Vater Direktor war, und die Familie wohnte oberhalb der rückwärtigen Straße unseres Hauses, keine hundert Meter entfernt. Serge und ich befreundeten uns – wir hatten den gleichen

Schulweg – und verbrachten jede freie Stunde gemeinsam. Er war der praktische, zupackende Junge, dessen Tatendrang ich gerne folgte. Wir sammelten Fossilien, fuhren mit unseren Fahrrädern zu Tongruben und Kalksteinaufschlüssen, die bekannt für ihren Reichtum an Ammoniten waren, doch bald fanden wir die Mädchen interessanter als die Versteinerungen. Wir verliebten uns gleichzeitig in Sarah, standen mit ihr an Straßenecken und »karessierten«, wobei mir nicht entging, dass er der Bevorzugte, ich lediglich Begleitung war. Der Skandal um Vaters Ablösung als Direktor der Keramik-Werke, bei der er Stellung und Vermögen verlor, trennte uns. Wir mussten die Villa und Ruhrs verlassen, zogen in eine Dreizimmerwohnung, und Vater nahm eine Stelle als Vertreter von Sanitäranlagen an. Mutter begleitete ihn auf den Verkaufsreisen, und nur an Weihnachten und Ostern wurde der Tisch gedeckt, als lebten wir noch immer in der Villa am Fluss: Das altehrwürdige Porzellan wurde aufgelegt, das Silberbesteck, die Servietten aus Damast mit Monogramm, gestärkt und gebügelt. Zum Gedeck gehörten die Kristallgläser, poliert für einen Bordeaux aus altem Bestand. Es sollte wenigstens an diesen Feiertagen sein, wie es nicht mehr war und nie mehr sein würde. Die Martons wohnten jetzt in der Villa am Fluss, und Serge studierte nach dem Gymnasium Geschichte, während ich in einer Dachkammer las, was mir in die Hände kam, anfänglich besonders Theaterstücke, in denen es um Gerechtigkeit und den heldenhaften Kampf gegen Macht und Willkür ging.

Nach der Wiederbegegnung befreundete ich mich erneut mit ihm und auch mit seiner Frau Fania. Nachdem ich Isabelle kennengelernt hatte, trafen wir uns regelmäßig zu viert. Die beiden Frauen verstanden sich gut, und durch ihre medizinischen Berufe hatten sie eigene Themen, während Serge und ich über gesellschaftliche und kulturelle Entwicklungen philosophierten, Themen, von denen Fania sagte, sie seien das »abgehobene Vergnügen der Männer«.

Nach einem Glas Weißwein zur Begrüßung gingen wir zu Tisch. Während die Vorspeise serviert wurde, fragte Isabelle, wie sich die Gänseleber, hier auf dem gerösteten Brot, ernährungswissenschaftlich zu der uns bedrohenden Fettsucht verhalte?

Ob ihr Gänseleber nicht schmecke, fragte Fania, ob sie das Fett nicht möge?

– Isabelle spottet, sagte ich. Wir hätten auf der Hinfahrt über meine neue Aufgabe gestritten ... und klar bedeute meine Entscheidung eine feste Anstellung ... und Isabelle sei darüber nicht begeistert ...

Serge fragte, wie ich denn an das Institut für Soziales gekommen sei. Es gelte als erste Adresse mit weltweitem Ruf.

– Und dort sollst du einen Kongress organisieren? Zu was? Fettsucht?

Fania und Isabelle tauschten Blicke, und Serge kollerte sein Lachen, von dem ich stets den Eindruck hatte, er lache es in einem inneren Zimmer, in einer Art privater Bibliothek, die nur ihm vorbehalten sei, und die allein seinen Vergnügungen diene.

Als Serge und ich auf die Terrasse hinaustraten, um Zigaretten zu rauchen, sagte ich:

– Im Grunde weiß ich nicht, warum Lavetz will, dass ich diese Tagung organisiere. Es ist ein Projekt von Ben Seymour, dem Leiter der Abteilung »Internationale Kongresse«. Er sollte das Thema bearbeiten. Auch wenn er nachlässig ist und einzelne Aufgaben schleifen lässt, kann das kein Grund sein, es einem Anfänger wie mir zu übertragen.

Was denn mit den Zetteln sei, die ich ausfüllen müsse, ob ich die Arbeit weiter fortsetzen werde?

– Nein, dieses Projekt, das Lavetz mit Roland Rust, dem künftigen Chef der Wilfors ausarbeitet, von dem die Themenkartei ein Teil als Modellversuch war, ist wegen Problemen bei der Computertechnik gestoppt.

Serge pfiff leise den Ruf des Eichelhähers, unser Erkennungszeichen in der Jugend.

Vielleicht sei das Projekt eher wegen finanzieller Probleme gestoppt worden, sagte er. Vor zirka zwei Wochen habe in den Wirtschaftsnachrichten gestanden, dass Rust ein massives Defizit mit der geplanten Einführung der Computertechnologie verschuldet habe. Er musste als Chef der Genossenschaft zurücktreten.

# 8

Als Historiker kenne er die Geschichte der Wilfors recht gut, sagte Serge, und wisse, dass das Institut die Aufgabe habe, den rebellischen Geist seines Gründers zu bewahren, was es durch gesellschaftskritische Veranstaltungen auch tue.

– Alois Baltensperger ist der Sohn eines Kolonialwarenhändlers im Arbeiterquartier gewesen, hat im väterlichen Geschäft ausgeholfen und früh Geschäftssinn und Verkaufstalent gezeigt. Nach dem Ersten Weltkrieg reiste er in die USA, fuhr nach Kolumbien, verbrachte ein paar Monate in Kuba. In New York lernte er zu der Zeit neue Vertriebskanäle wie die Selbstbedienungsläden kennen, in Kolumbien und Kuba den Anbau von Kaffee und Zucker. Beide Lebensmittel waren dazumal teuer. Baltensperger kämpfte gegen die hohen Preise, kaufte in großen Mengen ein und brachte Zucker, Kaffee, Mehl, Reis in kleinen Packen mit seinen Lastwagen zu der, wie er selbst sagte, »unterdrückten, unbeachteten Mehrheit unserer Gesellschaft, den Frauen«. Sie sollten Mitglieder seiner regionalen Genossenschaften werden und mitbestimmen können, ja eigentlich »Besitzerinnen« werden. So griff »Al Balt«, wie er bald genannt wurde, nicht nur Warenmonopole an, sondern auch gesellschaftliche Strukturen, und beides brachte ihm mächtige Feinde ein. Sie hätten ihn ruiniert, wäre er nicht der unkonventionelle Kämpfer gewesen, der bereit war, alles zu riskieren, um seinen Ideen zum Durchbruch zu verhelfen. So ließ er angesichts der Kriegsgefahr 1939 und der Weigerung der Regierung, die Notvorräte zu erhöhen, einen riesigen Stahltank bauen, den er in einer Gletscherkaverne versenkte, wodurch die Nahrungsmittel nicht nur trocken, sondern auch gekühlt und vor Angriffen geschützt, aufbewahrt wurden.

Im Alter sei Baltensperger die Ambivalenz in all seinen Unternehmungen bewusst geworden. Er hatte die Mächtigen bekämpft und war selbst mächtig geworden, er lehnte zu große, marktbestimmende Unternehmen ab und schuf ein Imperium, zu dem auch Zeitungen, ein Buchverlag, Schulungseinrichtungen, Freizeitanlagen und Hotels gehörten. Alois Baltensperger wollte den einfachen Leuten etwas Wohlstand und Bildung bringen und beförderte »die Verblödung der Menschen als Konsumenten«, wie er es im Alter ausdrückte.

– Al Balt ist jetzt seit zehn Jahren tot, und die Zeit des Bewahrens geht allmählich zu Ende, sagte Serge. Dein Institutsleiter hatte offenbar eigene Pläne zur Zukunft der Wilfors, die er mit Roland Rust verwirklichen wollte. Daraus ist vorläufig nichts geworden, und das könnte am Institut zu bewegten Zeiten führen.

Serge wandte sich zur Balkontür, durch deren Scheibe

wir die beiden Frauen am Tisch sitzen sahen, vertieft in ein Gespräch. »Der Kaiser will sich bewegen, und der Papst muss es auch«, murmelte Serge ein mir unbekanntes Zitat, lachte beim Eintreten sein kollerndes, heimliches Lachen. Vermutlich malte er sich in seiner inneren Bibliothek die mittelalterlichen Konflikte als Dramen eines Handelskonzerns aus.

# 9

Ich hatte mir ein Notizbuch gekauft (Taschenbuchformat, liniert, sepiafarbene Seiten, Leineneinband), in dem ich Termine und Adressen festhielt, doch auch Gedanken oder Beobachtungen aufschrieb, die mich beschäftigten. Über ein mich verstörendes Erlebnis notierte ich nach der Rückkehr aus London.

Eintrag, Ende November 75
*Ich wohnte in einem Hotel in Bloomsbury, unweit des Kongressgebäudes, und quälte den Tag lang meine Ohren im »lecture theatre« mit Vorträgen über Fettsucht. Nach Ende des Kongresses hatte ich den nächsten Tag frei, die Maschine flog erst am Abend. Ich checkte im Hotel aus, brachte mein Gepäck zum West Terminal, um unbeschwert durch die Stadt zu flanieren. Das Wetter war schön, die Luft klar, und ein Wind fegte die Straße hinunter. Aus reiner Neugier blieb ich bei einer Gruppe von Leuten stehen, die sich um eine hochkant gestellte Kiste drängte und einem Spiel zusah. Ein jüngerer Mann mit ausgemergeltem Gesicht und schlechten Zähnen legte drei zugedeckte Karten auf die Wolldecke, schob sie hin und her, mischte sie neu: ein Joker und zwei Asse. Das*

*Bemerkenswerte an der Sache war, dass er die Karten nicht nur in rascher Folge auslegte und verschob. Obwohl sie zugedeckt lagen, sah man stets genau, wo der Joker und wo die Asse lagen – seitlich oder in der Mitte.*

*Vor dem Schlaukopf mit seiner Kiste stand ein Mann in Mantel, dessen Aussehen sofort klar werden ließ, weshalb man den englischen Arbeiter »John Bull« genannt hat. Er war untersetzt, kräftig, mit breitem Nacken, sah mit kleinen, wässrigen Augen den flinken Händen zu und legte dann seine Pranke auf eine der Karten. Es war der Joker.*

*»Zehn Pfund«, sagte John Bull und warf den grünen Schein hin. Dann drehte er die Karte um, und es war der Joker. Der Schlaukopf zeigte sehr viel weniger von seinen schlechten Zähnen und zahlte den doppelten Einsatz als Gewinn. John Bull strahlte, zeigte stolz das Geld seinen Kumpels, die etwas neidisch auf die Scheine guckten, und wenn einer schon eine »Gewinnsträhne« hatte, sollte er auch weitermachen. John Bull war genauso rasch, wie er es gewonnen hatte, das Geld auch wieder los. Dennoch spielte er weiter, hieb seine Pranke auf den Joker und setzte zwanzig Pfund. Gewonnen, klar – dachte ich. Der Schlaukopf hatte sich nicht im Geringsten bemüht zu verbergen, wo der Joker war, und der lag augenblicklich unter John Bulls Hand. Das wusste nicht nur ich, sondern auch John. Sein Kinn schob sich ein wenig vor. Doch da er den ersten Schein verspielt hatte und einen weiteren aus der Gesäßtasche ziehen musste, brauchte er wegen des Mantels zwei Hände. Blitzschnell verschob der Schlaukopf die Karten. Pik-Ass! John Bull konnte es nicht fassen. Auch der Schein war weg, und ich wette,*

seine Wangen liefen rotbläulich an. Er sah mir nicht nach jemandem aus, der zwanzig Pfund entbehren konnte.

»Sehen Sie«, sagte neben mir ein Mann in Jackett, Hemd und Krawatte, »sehen Sie, es ist ein ganz fauler Trick. Die Karten werden so ausgelegt, dass man genau sieht, wo der Joker liegt. Er zeigt auf ihn und meint, damit bereits gewonnen zu haben. Doch während er einen Augenblick unaufmerksam ist, sind die Karten vertauscht und ist der Joker aus dem Spiel. Es ist absolut lächerlich!«

Ich nickte.

»Ich verstehe nur nicht«, sagte ich, »wie jemand auf diesen Trick hereinfallen kann.«

Kopfschüttelnd verfolgten wir, wie John Bull im Begriff war, auch die nächsten zwanzig Pfund zu verspielen. Er stand da, breitbeinig, seine Hand lag auf der Kiste wie festgenagelt. Er hatte den Joker, ganz bestimmt, doch keinen Geldschein, und John Bull war ein einfacher »worker« aus dem East-End, hilflos, einem Betrüger ausgeliefert. Er tat mir leid. Noch während ich über dieses schmutzige Spiel nachdachte, ging eine schwache Erleuchtung über sein Gesicht.

»Halt die Karte, chap!«, sagte er zu mir, »halt die Karte!«

Und »chap« hielt die Karte, und zwar so stark, dass ich die Pappkiste beinahe eindrückte. Klar, der erste Zwanziger war zurückgewonnen. John Bull strahlte. Er klopfte mir auf die Schulter, presste seine Hand auf den Joker.

»Setz doch auch«, sagte John mit einem naiven, glücklichen Lachen, »setz schon. Wir machen es zusammen. Doppelter Gewinn!«

*Ein Mann hinter mir, ich glaube, der in Hemd und Krawatte, sagte:*

*»Zeig's dem Kerl!«*

*»Ja, zeig's ihm! Zeig's ihm!«, riefen andere.*

*Und es war der Joker!*

*John Bull setzte zehn Pfund, und ich alles, was ich noch hatte: etwas über fünfzig Pfund.*

*Ich drehte die Karte. Und ich tat es langsam wie ein Pokerspieler. Es war Kreuz-Ass.*

*Verstört lief ich durch die Straßen.*

# 10

Von meinem Londoner Erlebnis erzählte ich Isabelle kein Wort. Den Spott konnte ich mir ersparen, und ich wusste zu gut, was sie sagen würde: Ich sei auf die Geschichte vom armen, betrogenen Arbeiter hereingefallen, habe darin eine noble Rolle spielen wollen, ein Muster, das sie bestens kenne. Das mochte stimmen, doch schockiert hatte mich, dass es so einfach gewesen war, mich zu täuschen, ich trotz des Wissens, dass es um einen Betrug ging, mich betrügen ließ. Ich hatte als Junge geschworen, es solle mir nie wie meinem Vater ergehen, der durch Machenschaften sein ganzes Geld verloren hatte. Jetzt hatte mein jugendlicher Vorsatz einen heftigen Stoß erlitten: mich zu betrügen schien einfacher zu sein, als ich mir das jemals hatte träumen lassen.

Ich hatte die Manuskripte der Vorträge gesammelt und mir die Namen von Fachleuten notiert. Jetzt wertete ich das Material aus und versuchte, die Themen mit der pharmazeutischen und der Nahrungsmittelindustrie in Verbindung zu bringen. Bei der Arbeit in Bens Büro, wo ich mittlerweile meinen Arbeitsplatz hatte, erinnerte ich mich an einen Artikel, dessen Verfasser mir entfallen war. Ich suchte das Heft in dem Wust, der sich um unsere Pulte angehäuft hatte, ging schließlich in den Heizungsraum, in dem auch das Altpapier gesammelt wurde. Doch statt des Hefts fand ich die Bündel Formulare, die ich in den vergangenen Monaten mit Stichworten ausgefüllt hatte. Weggeworfen. Wehmütig sah ich auf die Zettel im Sammelsack. Lavetz hatte zwar behauptet, das Projekt sei lediglich unterbrochen, doch es wurde offensichtlich nicht weitergeführt. Was Serge vermutet hatte, musste stimmen. Die Kosten hatten ein Defizit verursacht, das zum Abbruch dieses vertraulichen Projekts mit Roland Rust geführt hatte.

In den folgenden Wochen arbeitete ich am Ablauf und der Dramaturgie des Kongresses, hatte eine Liste möglicher Referenten zusammengetragen, erste Anfragen geschrieben und Verhandlungen über die Themen der Referate geführt. Ich musste ein Budget erstellen und den »break even« errechnen und war jetzt am Verfassen der Werbetexte für die Prospekte. An einem Nachmittag, während der Kaffeepause auf der Terrasse, trat ein Besucher aus der Tür der Glasfront, ein Mann, groß und aufrecht, um die vierzig. Er trug einen tadellosen Anzug, bewegte sich selbstsicher und gewandt, nickte kurz zu unserem Tisch hin. Lavetz begleitete ihn, und sie stellten sich an die Brüstung der Terrasse, und Lavetz mit seiner kurzfingrigen Hand zeigte auf den See und zur blassen Silhouette der Berge hin.

Der Besucher nickte höflich, zog aus der Innentasche seines Jacketts einen Umschlag. Er reichte ihn Lavetz, der ihn mit einer verschämten Verbeugung entgegennahm. Dann wandte er sich zur Tür und verschwand hinter der spiegelnden Fläche der Glasfront, im Dämmer der Fliesen.

Nach kurzer Zeit kam Lavetz zurück, legte einen Check auf den Tisch, sagte in beiläufigem Ton:

– Wir haben eben eine Spende in Höhe von hunderttausend Franken erhalten!

Lavetz erzählte, dass der Besucher alle zwei, drei Jahre vorbeikomme, sein Checkheft zücke und wieder gehe. Er sei Chef des größten asiatischen Nahrungsmittelkonzerns, lebe in Bangkok und sei mit einer Schweizerin verheiratet. Als junger Mann habe er den Gründer kennengelernt, sei ein Bewunderer von Al Balt und unterstütze von Anfang an das Institut.

– Wir sollen das Geld für das Bewahren von Al Balts Ideen verwenden. Das ist, was er üblicherweise sagt. Doch heute sagte er: »Wir brauchen das ›Forum Humanum‹. Al Balt konnte es nicht mehr realisieren. Doch nun ist es unsere Aufgabe, die besten Köpfe der Regierungen und der Wirtschaft zusammenzubringen, um die wirtschaftliche Krise zu bewältigen und die politischen Probleme, die sie verursachte, zu lösen.«

Lavetz ließ mich gleich am nächsten Tag in sein Büro rufen. Er saß hinter seinem leichten, eleganten Teakholzschreibtisch, auf dessen Platte kein Stäubchen war, redete begeistert vor einem großformatigen Bild eines wild aufgetragenen Stilllebens, die Explosion eines Blumenstraußes vor einem Fenster zum Garten.

Dank des Besuchers und dessen Erwähnung des »Forum Humanum« sei ihm klar geworden, wie das Institut neu auszurichten sei. Wir würden keine Tagungen mehr machen, sondern uns einzig auf das jährlich stattfindende »Forum Humanum« konzentrieren. Es richte sich an Wirtschaftsführer, Wissenschaftler und politische Entscheidungsträger, die sich über aktuelle Probleme austauschen würden. Vor allem jedoch soll es ein Ort werden, an dem Kontakte geknüpft und die Vernetzung in der zunehmenden Globalisierung gefördert werde. Das »Forum Humanum« sei das letzte Projekt des Gründers gewesen. Es zu realisieren, könne deshalb von der Konzernleitung kaum abgelehnt werden, auch wenn die Wilfors wegen der Größe des Projekts nicht alleiniger Geldgeber bleiben könne.

– Wir brauchen Sponsoren, die durch den Betrag und ihren Namen für die Bedeutung des Forums stehen.

Ob ich einen Anzug besäße?

Mein Lächeln genügte als Antwort. Er werde einen Termin bei einem Herrenschneider vereinbaren, seine Sekretärin würde mir Datum und Adresse geben.

Eine Weile war Stille, Lavetz sah vor sich hin, den Arm aufgestützt. Mit dem Finger fuhr er über den Nasenrücken, auf und ab – eine Geste, die ich schon kannte.

– Wir müssen einen Ort finden, sagte er unvermittelt, das ist vielleicht das Wichtigste: der Ort.

Ich verstand nicht, was Lavetz mit Ort meinte, und als ich nachfragte, zuckte die rechte Wange, er beugte sich vor, sagte nachdrücklich, als könne er so viel Begriffsstutzigkeit nicht verstehen:
– Der Ort. Der Ort natürlich.

Es sei völlig undenkbar, dass das »Forum Humanum« hier, am Institut, stattfinde. Dafür seien die Räume zu klein, die Lage zu wenig attraktiv, die Hotelkapazität im Umkreis zu gering. Und dann zählten wir einmal mehr Namen auf: Davos, Gstaad, St. Moritz, Zermatt ... Namen mondäner Orte.

– Wir werden mit diesem Projekt auf einer Ebene vernetzt sein, die weit über einem nationalen Wirtschaftsunternehmen liegt. Das Institut bekommt dadurch eine neue, gewichtigere Stellung, auch der Wilfors gegenüber.

Er stand auf, die Hände leicht auf die Tischplatte gelegt.

– Ich erwarte ein Konzept und einen ersten Themenvorschlag bis zur Stiftungsratssitzung der Wilfors. Dort wird über die Zuwendungen an das Institut entschieden, und wir sollten den ungefähren Kostenrahmen kennen.

Hieß das, ich, Thyl Osterholz, sollte die thematische und organisatorische Gestaltung dieser jährlichen Großveranstaltung übernehmen? Warum ich? Warum nicht Ben, der erfahren war?

– Offenbar vertraut dir Lavetz, und deshalb fördert er dich, sagte Isabelle, der ich von der neuen Aufgabe erzählte. Da müsstest du dich freuen.

Tat ich aber nicht. Ich verstand nicht, was vorging. Von allem Anfang an hatte es Ungereimtheiten gegeben. Weshalb zum Beispiel musste ich den Kongress zum Thema Fettsucht von Grund auf neu gestalten, obwohl Ben bereits daran gearbeitet hatte? Und warum führten wir ihn jetzt nicht mehr durch, obwohl Programm und Werbung praktisch fertig waren? Dass Schluss mit dem Ausfüllen der Formulare mit den Stichworten gewesen war, ließ sich begründen, seit ich wusste, dass Roland Rust ein Defizit mit dem gemeinsamen Projekt gemacht hatte. Doch weshalb Lavetz seit dem Besuch des Fremden aus Bangkok alles auf das »Forum Humanum« setzte, blieb mir rätselhaft. Doch geradezu lächerlich war, dass ich, ein Anfänger, der noch kein einziges Projekt realisiert hatte, die Großveranstaltung anstelle von Ben betreuen sollte.

Ich dachte an den Schlaukopf damals am West Terminal in London, der hinter einer hochgestellten Kiste die Karten hin und her geschoben hatte. Hier waren es Projekte – oder war ich es? –, und wenn dem so war, was konnte der Grund sein?

## 11

Ich hatte Isabelle beim Frühstück gesagt, dass ich am Abend direkt vom Institut zur Klosterstube fahren würde, ich hätte mich mit Serge verabredet. Es werde wie gewöhnlich spät, sie solle nicht warten.

Wir standen in der Regel um sechs Uhr auf, tranken den Kaffee in der Küche, eine kurze, gemeinsame Zeit, die uns wichtig war, auch wenn wir oft schweigend den Tag auf uns zukommen ließen. Als ich Isabelle gegenüber erwähnte, dass ich Serge treffen würde, sagte sie, ich solle ihm andeuten, sich etwas mehr um Fania zu kümmern. Sie habe kürzlich mit ihr gesprochen und das Gefühl gehabt, Serge sei auf dem besten Weg, sie zu verlieren.

– Sie hat sich beklagt, sie wisse nicht, was in ihm vorgehe. Er lasse sie auf einer relativ fernen Umlaufbahn alltäglicher Banalitäten kreisen, ohne ihr die Chance zu geben, ihn auch nur kurz im Kern zu berühren.

Das sei typisch für Serge, sagte ich, ich würde dies den Rückzug ins »private Bibliothekszimmer« nennen. Man wisse nicht genau, was er dort ausbrüte. Wenn sich eine Gelegenheit ergäbe, würde ich Serge auf ihre Vermutung ansprechen.

Die Klosterstube in der Altstadt war ein niederer, dunkler Raum, unterteilt in Nischen. Durch die Trennwände war man den Gesprächen an den Nachbartischen nicht so sehr ausgesetzt, die Speisekarte war einfach, aber gut, der Wein anständig, der Lärmpegel erträglich, und so war die Klosterstube seit unserer Wiederbegegnung zur Kneipe geworden, in der wir uns regelmäßig trafen.

Serge hatte sich diesmal verspätet. Er habe noch eine Besprechung gehabt und erzählte, dass er schon lange unzufrieden mit seiner Arbeit sei. Er fühle sich eingeengt, die Diskussionen und Projekte drehten sich stets nur um die Schweiz, um ihre Rolle in der Vergangenheit, um die Demontage der Mythen von der Gründung der Eidgenossenschaft bis zur angeblichen Neutralität im Zweiten Weltkrieg.

– Wichtige Themen, kein Zweifel, doch auf die Dauer und in ihrer Exklusivität langweilen sie mich. Diese Art historischer Nabelschau, in der das Ausland lediglich eine Bezugsgröße ohne eigene Bedeutung ist, geht mir auf die Nerven, zumal ein von kleinlichen Streitereien belastetes Arbeitsklima herrscht.

– Ich muss hier weg!

– Wie meinst du das?

– Ich habe mich in London und in den USA um Stellen beworben. Sollte ich ein Angebot erhalten, werde ich es annehmen.

Er brauche Luft und weite Horizonte.

– Und Fania?

Er hoffe, dass sie mitgehe. Doch ehrlich gesagt, habe er mit ihr noch nicht gesprochen. Als er einmal eine Andeutung gemacht habe, ob sie nicht für zwei, drei Jahre im Ausland leben wollten, habe sie sich wenig begeistert gezeigt.

– Sie hängt an Zürich, an ihrer Stelle in der Frauenklinik.

Umso wichtiger sei es, sagte ich, mit Fania über seine Pläne zu reden.

– Auch ich musste Isabelle gestehen, dass ich ein noch sehr viel größeres Projekt ausarbeiten soll, als es der Kongress zur Fettsucht gewesen ist. Ich habe den Auftrag, ein jährliches »Weltforum« für Regierungsvertreter und Wirtschaftsführer zu konzipieren.

Serge kollerte sein Lachen.

– Du bist offensichtlich für Anfänge von Projekten angestellt, die kurze Zeit später abgebrochen werden.

Dann sagte er ernst:

– Es sieht nach Hektik aus. Das Bestehende will man loswerden und sich durch etwas Neues unangreifbar machen. Offenbar sind, nachdem Roland Rust zurücktreten musste, neue Machtkämpfe ausgebrochen.

– Doch wenn wir schon nicht wissen, was mit und um uns geschieht, sagte Serge, lass uns gemeinsam die Sommerferien verbringen.

Fania und er führen nach Finnland ins Ferienhaus seines Vaters. Die Eltern hätten sich für eine Asienreise entschieden, so stünde das Haus leer, und es gäbe genügend

Platz, dass man sich nicht gegenseitig auf die Füße trete. Zu spät dürften wir nicht gehen, denn er liebe die »weißen Nächte«, wenn die Sonne nie unter den Horizont sinke. Ob wir nicht mitkommen wollten?

Ich versprach, mit Isabelle zu reden.

# 12

Eineinhalb Monate sind für das Ausarbeiten eines Konzeptes wenig Zeit. Worüber sollte diskutiert werden, wo und an wie vielen Tagen? Wer würde eingeladen, und wie sähe ein Budget aus, das neben Honoraren und Reisekosten auch Posten wie Saalmiete, Sicherheitsdienste, nebst Organisationskosten einrechnete? Lavetz brauchte eine realistische Schätzung der Gesamtkosten, denn vorrangig ginge es um die Finanzierbarkeit des »Forum Humanum«, und Lavetz hatte schon angekündigt, ich müsste ihn zu möglichen Geldgebern und auch zur Stiftungsratssitzung der Wilfors begleiten. Meine Aufgabe sei es, die Details des Projekts vorzustellen. Also lief ich Tag und Nacht mit einem A4-Schreibblock herum, auf dem ich Zahlen, Adressen, Themen notierte. Ich brauchte einen griffigen Titel, ein Ensemble von Unterthemen, und Isabelle fragte, ob ich mich auch noch um etwas anderes kümmern könne als um dieses »Forum«, zum Beispiel um Einkaufen oder Wäschewaschen …

Nach einem Monat zitierten Bernhard und Ben mich in die Bibliothek. Ich legte meinen Entwurf »Konsum als

Zerstörung« vor und führte den Tagungsablauf aus. Es ginge mir, so erklärte ich ihnen, um vier Schwerpunkte: Verschwendung von Ressourcen, Vermüllung, Umweltschäden und gesellschaftliche Folgen. Mein eigentliches Anliegen sei der letzte Punkt. In der Nachfolge von Adorno wollte ich zeigen, wie der Konsum alle Lebensbereiche einer Ökonomisierung unterwirft. Die Werbung würde zur eigentlichen Vermittlerin von Kultur und Kunst, die dadurch einen Warencharakter annähmen ...

Bernhard hatte anfänglich zugehört, zurückgelehnt und auf seiner Zigarre kauend. Er machte sein verdrossenes Gesicht und blinzelte zu Ben hin, der mit der Zungenspitze über die vorstehenden Schneidezähne fuhr. Dann war es mit Bernhards Geduld zu Ende, er wälzte seine Körpermasse nach vorn und sah mich von unten her halb abbittend, halb wütend an.

– Du kannst hier kein philosophisches Kolloquium abhalten! Das lockt keinen Hund hinter dem Ofen hervor. Und dann dieser abgedroschene Quatsch von »Warencharakter« – das ist doch längst altbekannte Bestsellerliste, das interessiert niemanden, überhaupt niemanden.

– Das ist kein Argument gegen die Richtigkeit der These!, sagte ich.

– Es geht aber nicht um die Richtigkeit einer These. Begreife das endlich! Es geht darum, ob du den Saal füllst oder nicht, ob Leute kommen – und dafür ein Vermögen bezahlen. Darum geht es! Kein Mensch reist her, um sich erzählen zu lassen, dass wir Ressourcen verschleißen, Abfall produzieren, und – wie war das? – »der Konsum und die Werbung zu den eigentlichen Vermittlern von Kultur und Kunst« werden.

Bernhard wandte sich ab und sah zornig aus dem Fenster, während ich gekränkt und beleidigt dasaß. Mich hatte gerade dieser Aspekt des Themas fasziniert, mich zu Fragen angeregt, was es denn bedeute, wenn alles nur noch zur Ware würde, bewertet nach Verkäuflichkeit, und so sagte ich:

– Du meinst, auch wir müssen uns verkaufen?

Bernhard wandte sich mir wieder zu, mit breit aufgestützten Armen – und einem Gesicht, das ein Puzzle aus Bedauern, Abbitte und väterlicher Fürsorge war.

– Versteh mich nicht falsch! Ich will dir helfen! Ich versuche doch nur zu zeigen, worum es geht. Mit welchen Voraussetzungen du zu rechnen hast.

– Ich bin aber nicht bereit, Konzessionen an die Verkäuflichkeit zu machen. Das widerspricht dem Thema. Es ist absurd, konsumfreundlich gegen den Konsum zu sein!, sagte ich, und es klang trotzig und etwas hohl.

Bernhard machte eine müde, überdrüssige Geste, lehnte sich zurück und schob die Unterlippe vor. Seine dunklen, buschigen Augenbrauen waren leicht eingekniffen, über der Nasenwurzel stand eine Falte, die rund und flach in die breite, feiste Stirn vordrang. Er hob die Achseln.

– Dann musst du dir eine Arbeit suchen, wo deine protestantische Moral nicht angeritzt wird. Wo du getreu Zwingli nur nach deinem Gewissen lebst und dich niemals fragen wirst, nach welchem kleinbürgerlichen Muster dieses großartige Gewissen gestrickt ist.

Ben hatte die ganze Zeit zugehört, und seine Augen blitzten hinter den Brillengläsern vor Vergnügen und verrieten eine schadenfreudige Genugtuung. Er genoss sie so sehr, dass er vergessen hatte, sie zu verbergen. Mit einer fahrigen Bewegung strich er sich über die Schläfe.

– Ich meine, sagte er, indem er den Kopf wiegte – ich meine, schreib den Entwurf neu. Ressourcenverschleiß, Verlust von Ackerland, Umweltschäden, alles ok. Interessiert nur keinen. Du brauchst ein Thema, das wehtut: »Das Ende des Ölzeitalters« – erschöpfte Reserven, Verteilungskämpfe, politische Instabilität in den Golfstaaten. Zeig, dass unsere Energiewirtschaft in die Katastrophe führt und male düstere Bilder des wirtschaftlichen Ruins. Lass die Artillerie los! Dann kannst du in einem Round-Table-Gespräch auch diskutieren lassen, dass die Shopping-Centres der Wilfors, die seit drei Jahren wie die Pilze auf der grünen Wiese hervorschießen, purer Unsinn sind, Verkehrsprobleme schaffen, städtische Strukturen zerstören, Dreckschleudern und Energiefresser sind.

Und Ben lachte sein keuchendes Lachen. Er war mit sich zufrieden, und ich notierte die Schlagworte zum Thema »Das Ende des Ölzeitalters«.

# 13

In meinem neuen, maßgeschneiderten Anzug fuhr ich mit Lavetz zur Stadt. Wir müssten die Banken »ins Boot holen«, wie Lavetz sich ausdrückte. Sie seien als Unterstützer des »Forums« wichtig, nicht nur finanziell, ihre Beteiligung würde andere Geldgeber nach sich ziehen, vor allem aber politisch die richtigen Signale aussenden: Es seien tatsächlich die Spitzenvertreter der Wirtschaft und der Politik zu den Diskussionen eingeladen.

Ich hatte zu der Zeit noch nicht einmal ein Bankkonto und sollte nun gleich ins Zentrum weltweiter Vermögen treten. Ich gebe zu, ich war nervös.

Notizbuch, Besuch VSB, Mai 1977
*Ich betrete mit Lavetz den Hauptsitz der »Vereinigte Schweizer Banken«, und dieser ist zugleich ein Klischee und ein Mythos und hat eine Prunkfassade mit Säulen, hinter der verborgene Räume über tiefen, verbunkerten Kellern liegen. Über diesem Sammelsurium der Raffsucht steigen Lavetz und ich die Treppe hoch zum Haupttor, treten in einen Vorhof, in dem das Licht gebrochen, in seiner gedämpften Gleichförmigkeit schon auf das Verschwiegene, Geheime einstimmen. Wir wer-*

*den von einem livrierten Beamten in Empfang genommen, der uns zum Aufzug begleitet. Die geräuschlose Elevation bringt uns zur Beletage, die wenigen Auserwählten zugänglich ist, von der die Menschen auf dem Platz vor der Fassade, wartend auf die Straßenbahn, nur gerüchteweise Ahnungen haben, und ich gehe neben Lavetz einen breiten Flur entlang, beleuchtet von Wandlüstern, und der Teppich ist tief, unsere Schritte unhörbar und spurenlos, doch federnd, als gewännen wir an Leichtigkeit, würden immer weniger gewichtig, gerieten in eine Verzwergung vor dem Portal und dem saalartigen Raum, der von einem langen Tisch, einer Tafel, beherrscht wird, an dem Stühle mit hohen Lehnen stehen. Wir setzen uns, legen unsere Mappen vor uns hin, während allmählich das dunkle Holz der Wände ein finales Eingeschlossensein in einer auf dem Weltmeer dümpelnden Arche suggeriert, erhellt durch einen Widerschein von Gold und Feuer, und endlich nehme ich den Mann wahr, der oben an der Tafel sitzt, eingesunken in seinen Armstuhl, ein Mann von seltsam gewöhnlichem Aussehen, den man für einen Handwerker hätte halten können und der doch nicht irgendeiner, sondern der oberste »Gnom« ist, so vom Volksmund bezeichnet: ein gefurchtes Gesicht, bis auf die Augen von vollständiger Reglosigkeit. Vor dieser Büste aus menschlichen Zellarten redete Lavetz von der großartigen Idee des Gründers, dem »Forum Humanum«, der Notwendigkeit, die besten Köpfe aus allen Gebieten des Wissens und Handelns zusammenzubringen, seit die Ölkrise und die Rezession 73 gezeigt haben, dass die Ökonomie nicht nur wachsen und der Konsum nicht ständig zunehmen könne. Das war mein Stichwort, um vor dem Götzenbild unermesslichen Reichtums mein Plädoyer über die Finanzierung zu halten, während ich gleichzeitig studierte, bei welcher Gelegenheit der Herr Generaldirektor seine Haare verloren haben mochte, welche Transaktionen, geheimen Konten, illegalen Guthaben und herrenlosen Vermögen ihn Haar um Haar gekostet und sich seine Stirnglatze mehr und mehr in die Schädeldecke gefressen habe, und ich erschrak, als am Ende meiner Ausführungen sich tatsächlich die Züge des Gesichts zu bewegen begannen, und leise, trockene Laute zu Wörtern wurden, die »Dank« bedeuteten und »man gebe Bescheid«.*

## 14

Die Sonne steht über dem Hügelzug, wirft ein gleißendes Band auf die Wasserfläche des Sees, und der Französische Garten, der sich vom Ufer und dem Schiffsteg zur Villa von Achberg zieht, liegt in einem weichen, abendlichen Licht. Auf der Terrasse vor dem Gartensaal sitzt eine kleine Gesellschaft beim Aperitif, reglose Figuren, die hinaus auf den See und die eindunkelnden Hügelzüge sehen. Um acht Uhr wird das Abendessen serviert werden.

Die Stiftungsratssitzung findet wie jedes Jahr im herrschaftlichen Gästehaus am Zürcher Obersee statt. An den zwei Tagen wird über die sozialen Institutionen der Wilfors wie Buchverlag, Schulungseinrichtungen, Freizeitanlagen und Presseerzeugnisse beraten. Dazu zählt auch der jährliche Beitrag der Wilfors ans Institut für Soziales. Lavetz hat zusätzlich eine Teilfinanzierung des »Forum Humanum« beantragt, eine Summe, die ich anhand meines Konzeptes und der budgetierten Kosten begründen soll.

Man hat mir ein Zimmer im ersten Stock zugewiesen, einen nicht allzu großen, doch mit allem Luxus ausgestatten Raum. Viel auszupacken gibt es nicht, Hemd, Anzug und Pyjama, dann stehe ich am Fenster, sehe durch die Gevierte der Scheiben auf den Rasen und die von Buchs eingefassten Blumenbeete, lasse den Blick über den Uferstreifen gleiten und mache mir bewusst, an einem Ort zu sein, den ich bisher in seiner Schönheit und etwas vergangenen Auserwähltheit nur aus der Literatur kenne.

Zum Abendessen begebe ich mich in den Gartensaal, der mit seiner Fensterfront zum See hin von lichter Helle erfüllt ist. Wasserreflexe laufen über die hell gestrichenen Wände und die stuckatierte Decke, funkelnd im Kristallglas des Lüsters. Die Tafel ist mit Damast bedeckt, in dessen Weiß das Service, die Servietten und die Blumenstecke Akzente von blassem Rosa und leuchtendem Blau setzen. Zwölf Gedecke sind aufgelegt, und die Gesellschaft, die sich allmählich einfindet, kennt sich seit Jahren. Die meisten sind alte Weggefährten des Gründers, wie mir Lavetz sagt, die über das weltanschauliche Erbe Al Balts und seiner sozialen Institutionen zu wachen haben.

André Kohler, Chef der Wilfors, ein Neffe des Gründers, der nach dem Tod seines Onkels dessen Nachfolger geworden ist, sitzt oben an der Tafel, im einzigen Stuhl mit Armlehnen. Er mag auf die siebzig zugehen, ein blasses, gefurchtes Gesicht, in dessen Stirn eine graue Haarwelle hängt, die er von Zeit zu Zeit mit einer kleinen ruckartigen Bewegung zurückwirft. Er hat als Student einen der Lastwagen gesteuert, die am Anfang des Unternehmens zum Verkauf von Lebensmitteln hinaus in die Dörfer gefahren sind. Jetzt, nach zehn Jahren am Steuer eines großen Handelskonzerns, sitzt er zurückgesunken im Sessel, seine Gestik ist knapp und bestimmt, und er kann sich eine familiäre Lässigkeit gegenüber der Witwe des Gründers leisten. Ada Baltensperger trägt ein schlichtes Seidenkleid mit Perlenkette. Sie hält sich sehr gerade, und ihr eher schmales Gesicht strahlt eine aufmerksame Ruhe aus. Die Eigenart, mehr zuzuhören als zu reden, dabei ihre Umgebung mit wachen Sinnen wahrzunehmen, lässt mich vermuten, sie sei für ihren Mann der ruhende Pol inmitten der Machtkämpfe gewesen. Als seine Begleiterin habe sie die Feinfühligkeit entwickelt, bei Gesellschaften und Gesprächen die Hintergrundgeräusche und verborgenen Absichten wahrzunehmen, die Al Balt im politischen Alltag umgaben und die dieser in seinem Tatendrang nicht bemerkte.

Vielleicht sind es der Saal und die natürliche Vornehmheit von Frau Ada, dass die um sie versammelte Gesellschaft, je länger der Abend dauert, wie eine Schar Okkupanten erscheinen, die diesen wunderbaren Ort besetzt halten, sich zwar gesittet benehmen, doch nicht wirklich hierher gehören. Fällander, abtretender Finanzchef der Wilfors, ein liebenswürdiger, eher untersetzter Mann, mit lächelndem Gesicht und schlauen Augen, der es vom angelernten Verkäufer zur obersten Führungsetage gebracht hat; Margrit Schönbächler, eine gepflegte Fünfzigjährige, Ständerätin und Präsidentin der »Partei unabhängiger Wähler«, eine einflussreiche Politikerin, die in Aussehen und Kleidung die bemühte Absicht verkörpert, es allen recht zu machen. Man wolle doch das Beste, und das ist für ihren Sitznachbar das reibungslose Funktionieren der Produktionsketten. Gähwyler ist heute ein freundlicher Rentner, der wie Baltensperger im Arbeiterquartier aufgewachsen ist und technischer Leiter der Wilfors Betriebe wurde. Er repräsentiert in der Runde einen genügsamen Wohlstand, fühlt sich in Übereinkunft mit der Welt und ihren ihm günstig gesinnten Einrichtungen.

Am Tischende sitzen die jüngeren Herrschaften, die Wirtschafterin der Villa, der Leiter der Pressestelle, dann Leute, die Teilbereiche leiten wie die hauseigenen Publikationen oder den Buchklub. Lavetz dagegen sitzt zur Linken von Kohler, an zweiter Stelle vor Fällander. Seine Nähe zur Spitze verblüfft mich. Dann wird mir klar: Zu Lebzeiten Al Balts ist Lavetz dessen Privatsekretär gewesen. Er kennt die Interna des Konzerns und muss über ein Wissen verfügen, das manchem in der Führungsetage nicht angenehm sein mag. Er gilt deshalb auch als »Königsmacher«, wie mir gesagt wird, der großen Einfluss auf die Wahl des künftigen Chefs der Wilfors hat, wenn André Kohler nächstes Frühjahr abtritt.

Nachdem die Tafel aufgehoben ist, einzelne Herren zum Rauchen auf die Terrasse hinausgehen, andere sich mit der Witwe in den angrenzenden Salon begeben, ziehe ich mich zurück. Mein »französischer Abgang« wird nicht bemerkt werden, und ich bin noch zu unerfahren, um zu wissen, dass während dieses scheinbar lockeren Zusammenseins die Beziehungen gefestigt, die Koalitionen geschmiedet und die Absprachen getroffen werden.

Um sieben Uhr ist Frühstück, um acht beginnt die Sitzung. Kohler sitzt in unveränderter Haltung in seinem Armstuhl, die Unterlagen vor sich auf dem Tisch. Ein Traktandum nach dem anderen wird in strenger Abfolge abgehandelt. André Kohler lässt kurz den Sachverhalt referieren, gibt seine Meinung dazu ab, wodurch der Punkt entschieden ist. Ohne Diskussion wird zum nächsten Punkt der Tagesordnung übergegangen. Einzig, wenn Frau Ada eine Bemerkung macht, geht ein Ruck durch die Runde, wird aufmerksam zugehört, sagt Kohler zum Schluss, man solle das Votum protokollieren und im Sinne von Frau Ada »regeln«. Sie ergreift aber kaum einmal das Wort, schweigt auch beim Traktandum »Forum Humanum«, obwohl gerade dieses Projekt ihrem Mann besonders wichtig gewesen ist. Unwidersprochen wird von Kohler verfügt, das Projekt und seine Finanzierung seinem Nachfolger zu überlassen. Dieser solle entscheiden, ob das Institut mehr Geld erhalten solle und durch konzernfremde Geldgeber mitfinanziert werden dürfe.

Bereits kurz nach neun Uhr stehen wir mit einer Tasse Kaffee auf der Terrasse vor dem Gartensaal. Ich spaziere zwischen gestutztem Buchsbaum den bekiesten Weg hinab ans Ufer und treffe dort Herrn Fällander, der gedankenverloren hinaus auf den See blickt. Er lächelt, als er mich bemerkt.

– Sie also sollen den alten Traum von Al Balt verwirklichen? Viel Geld, sehr viel Geld, das Lavetz verlangt.

Wieder sieht er hinaus auf den See.

– Die Zeiten ändern sich, sagt er versonnen, doch wer immer Andrés Nachfolge antritt, er wird kaum ein Interesse haben, das Institut mit fremden Geldgebern zu teilen und Lavetz' Stellung zu stärken.

Heißt das, Fällander hat Kenntnisse, die wir am Institut nicht haben?

– Wenn alles so schnell entschieden wird wie heute, sage ich, werden wir den Nachfolger bald kennen. Ich finde es bemerkenswert, dass alle vorgebrachten Geschäfte abgelehnt oder verschoben worden sind. Keine Sanierung des Nebengebäudes, keinen Zuschuss zum Buchklub …

– Sie waren nicht beim Frühstück?

Fällanders kleine Augen unter den ergrauten Brauen glitzern listig. Ohne meine Antwort abzuwarten, sagt er:

– Jeder im Konzern weiß, dass es zwei Dinge gibt, die André fuchsteufelswild machen. Wenn eine Frau Hosen trägt und wenn beim Frühstück der Emmentalerkäse fehlt. Und der hat heute gefehlt. So sind auch die Traktanden entschieden – und Sie und ich können uns bereits vor der Kaffeepause Auf Wiedersehen sagen.

## 15

Ich verabredete mich mit meinem ehemaligen Deutschlehrer, Bruno Staretz, im Café, in dem wir uns schon während meiner Gymnasialzeit regelmäßig getroffen hatten. Er war außerhalb der Schule mein Mentor gewesen, wies mich auf Autoren und Bücher hin, machte mich mit Wissensgebieten wie Philosophie, Psychologie und Religionsgeschichte bekannt und beriet mich, wenn ich mit einem Problem nicht zu Rande kam. Nach Schulabschluss blieben wir weiterhin in Kontakt, und ich erzählte ihm während unseres Treffens vom »Forum Humanum« und dem inhaltlichen Konzept, das Bernhard Wiedemann zerfetzt habe. Doch auch mein überarbeiteter Vorschlag zum Ölzeitalter sei bereits Makulatur. Der Institutsleiter habe auf der Rückfahrt von der Stiftungsratssitzung gesagt, ich bräuchte am »Forum Humanum« nicht weiterzuarbeiten.

– Die Villa von Achberg am See aber ist ein zauberhafter Ort, herrschaftlich und aus der Zeit gefallen. Ich musste an Marcel Proust denken, an »Die Suche nach der verlorenen Zeit«, und erzählte Bruno Staretz von der Stiftungsratssitzung und meinen Eindrücken.

– Sie sind ein Romantiker, und das bekommt einem in

einer Welt, in der die Entscheidungen von einem Stück Käse beim Frühstück abhängen, nicht wirklich gut. Proust ist tot, und seine Welt existiert noch in Buchstaben und Sätzen und den meist falschen Vorstellungen, die wir uns von ihr machen.

– Offenbar machte auch ich mir falsche Vorstellungen, sagte ich. Und es geht bei einem Thema wie »Konsum« oder »Das Ende des Ölzeitalters« nicht um die Sache selbst, sondern um etwas, das Lavetz zur Überzeugung gebracht hat, dass das Projekt bereits gescheitert sei, obschon Kohler die Finanzierung nicht abgelehnt, sondern den Entscheid seinem Nachfolger überlassen hat.

– Wer weiß, sagte Bruno Staretz, was Ihr Institutsleiter mit diesem »Forum« bezweckt hat. Und weshalb das Projekt bei einem Nachfolger keine Chance hat.

Ich bewunderte meinen Lehrer schon während der Schulzeit, weil er mir Sichtweisen eröffnete, die mir verschlossen waren. Er tat dies zudem in einer Sprache voller Bezüge und Anspielungen, Metaphern und ironischer Verdrehungen, die ich nicht immer verstanden hatte, doch mich bemühte nachzuahmen. Isabelle fand noch heute, ich würde hie und da, und besonders nach Besuchen, »staretzern«, was für sie gleichbedeutend mit »hochgestochen reden« war.

Als ich mich über Bens und Bernhards Einwände zu meinem ersten Entwurf »Konsum als Zerstörung« beschwerte, und sie bezichtigte, nur auf die Verkäuflichkeit eines Themas geschaut zu haben, jedoch auf Adorno und sein Argument vom Warencharakter der Kunst nicht eingegangen zu sein, bekam ich eine typische Lektion. Ich habe sie in mein Notizbuch notiert:

*– Sie sind nicht beim Olymp, sondern am Institut für Soziales angestellt, also bei einer »Einrichtung für Gesellschaftliches«. Das ist von unserem kleinen Café hier nicht sehr verschieden. Nur steht hinter Ihrem Forum wirkliche Macht und der Mythos des toten Caesars, Al Balt. Da braucht es einen Kurier – das sind Sie – der die Lande durcheilt, um die hehren Denker und Sänger zum edlen Wettstreit des Gedenkens aufzurufen. Denn die stumpfe, stumme Macht braucht eine Stimme, um gehört zu werden. Und sie honoriert die Besten mit dem, was man seit jeher in die Suppe tut, um ihr Würze zu geben: mit Lorbeerblättern. – Im Ernst: Verwechseln Sie doch nicht die Anliegen eines »Instituts für Soziales« mit Ihren eigenen, nur weil auch dort von Erkenntnis, Geist oder Kunst die Rede ist. Erkennen Sie, worum es geht, und handeln Sie danach. Wenn Sie schon eine Tagung machen müssen, gehen Sie nicht von der Sache, sondern vom Gesellschaftlichen aus – und das Gesellschaftliche heißt: Es soll alles so bleiben, wie es ist, doch in der Zwischenzeit möchten wir gut unterhalten werden. Wir möchten uns gespiegelt und bedeutender als andere sehen. Achten Sie auf Mode und Geschmack, also auf die Aktualität, und aktuell ist das, was die Leute schon kennen, verbunden mit einer geringfügigen, originellen Abweichung – einer Oberflächendifferenzierung –, die noch nicht ins Gewohnheitsbild der Leute*

*eingepasst ist. Gerade diese minimale Abweichung macht, dass sie das längst Bekannte dennoch hören wollen, wieder und nochmals hören wollen – bis auch diese zur Gewohnheit geworden ist und damit verbraucht und stumpf wird. Das Gesetz des Schlagers! Sie werden sehen, dass es gar nicht so einfach ist, die richtige Oberflächendifferenzierung zu finden, jene Abweichung, die das längst Verbrauchte wieder zwingend macht, weil durch das kleine Ungewohnte das Ganze neu erscheint, vielleicht sogar fremd oder bedrohlich. Denn als vertraut gilt nur, was sich stets identisch wiederholt bis zur Unspürbarkeit. Sie müssen die Abweichung finden – dazu braucht es Ihre Radarstation, die stets die Bewegungen in ihrem Umfeld wahrnimmt, prüft, verwertet – und diese Abweichung fügen Sie in das gewohnte Bild einer bestimmten Problematik ein, und Sie werden sehen: Was die Leute glaubten zu kennen, erscheint ihnen wie ein drohendes Niemandsland, in dem sie fürchten, sich ohne die Anleitung Ihrer Tagung zu verirren.*

## 16

Es war, wie Serge vorausgesagt hatte. Auf der Höhe von Berlin wurde der Horizont hell, leuchtete ein messingfarbener Streifen Himmel am Rand der Nacht, während tief unter uns die Leuchten den Straßen folgten und die Dörfer Glutnester bildeten. Zwei Stunden später landeten wir bei Sonnenschein in Helsinki, kurz vor Mitternacht.

Serge erwartete uns. Er und Fania waren bereits einen Tag früher gereist, und wir fuhren in einem Leihwagen nordwärts, durch Wälder und eine nicht endende Abendstimmung.

Das Haus stand an einer sich ins Land hereinziehenden Bucht, war umgeben von einer Ruhe, die aus Dämmer und harzigen Gerüchen bestand. Ein Pfad führte an der Bucht entlang durch Farn, Föhren und Wacholder zum See, der weit als ruhiger Himmelsspiegel in der bewaldeten Ebene lag, und ich verbrachte die ersten zwei, drei Tage mit Erkundungen der mir so fremden und doch vertrauten Umgebung. Als Kind war ich mit den Eltern oft in ein Berghotel gefahren, das allein im hintersten Teil eines Tals auf erhöhter Stufe stand, umgeben von den Dreitausendern der Berner Alpen. Hier in der finnischen Seenplatte erinnerten mich die Vegetation, der felsige Untergrund, die Gerüche, die durchwärmte Luft an damals, als hätten gewaltige Kräfte das Tal und die Berggipfel zu der weiten finnischen Ebene auseinandergezogen.

– Weißt du, das Moos, die Flechten an den Zweigen, die vom Gletscher glattgehobelten Steine erinnern mich an die gemeinsamen Ferien, als dein Vater noch nicht lange in der Firma war. Ich habe Jahre nicht mehr an die Zeit damals gedacht, sagte ich zu Serge, und er meinte, dass unsere Freundschaft dort oben erst begonnen habe. Wir seien ja Tag und Nacht zusammen gewesen, manchmal noch mit Maia, einem Mädchen, in das wir beide ein wenig verliebt gewesen seien.

Ich hatte völlig vergessen, dass meine Eltern das Berghotel durch die Martons kennengelernt hatten.

– Meine Eltern liebten das Berghotel, sagte Serge, besonders mein Vater. Wie dich hier, hat ihn vielleicht die Berglandschaft dort an den Norden erinnert, an Estland, wo er oft in seiner Kindheit, vor dem Krieg, gewesen ist. Das Haus hier am See hat er erst gekauft, als ich bereits ins Gymnasium ging.

Serge war während der Studienzeit selten mitgefahren. Er hatte keine Lust, mit den Eltern in die Einsamkeit zu verreisen, und später verstand Fania sich mit ihren Schwiegereltern nicht so gut, dass sie ihre Ferien mit ihnen hätte verbringen mögen.

Die hellen Tage, die weißen Nächte wirkten auf mich belebend wie Champagner, jedoch ohne die dumpfe Ermüdung des Rausches. Dazu kam die Empfindung, um mich her dränge die Natur mit zäher Kraft durch das Nadelöhr eines zu kurzen Sommers. Beides summierte sich zu einer Intensität an Lebenskräften, die eine irritierende Wirkung hatte. Ich zerfiel, der Körper schien sich aufzulösen, verströmte in diesem Land, wurde zur Wurzel zwischen Steinen auf dem Pfad, zu Lichtreflexen auf dem Wasser, zu den von Flechten behangenen Zweigen. Ich verwilderte und war Serge für die Stunde täglichen Gesprächs dankbar, die mich wenigstens durch die Wörter etwas mit meinem alten Selbst in Verbindung hielt. Doch waren auch unsere Themen etwas wildwüchsig, führten uns unter diesem weitgespannten, nie ganz dunklen Himmel hoch hinaus und weit weg, zur Krise und Rezession nach den Wachstumsjahren, zu den Auswirkungen der Auflösung der Reste des Goldstandards und den Fragen der Ökologie und einer Begrenzung des Wachstums. Erst gegen Ende der Woche fragte ich, ob er schon mit Fania über seine beruflichen Pläne gesprochen habe? Nein, doch er wolle es nach den Ferien tun, und ich spürte sein Unbehagen.

Nach einer Weile, während er in die Ferne geblickt hatte, sagte er:

– Ich habe ein Angebot in Boston für zwei Jahre. Ich werde in einem Forschungsteam arbeiten, das sich mit »Technology Assessment« beschäftigt, der Frage, was die

Einführung einer neuen Technik für Auswirkungen auf die Gesellschaft hat. Folgen einer Neuerung vorauszusehen, ist sehr schwierig. Deshalb soll ich historische Beispiele untersuchen, anhand derer vielleicht gewisse Gesetzmäßigkeiten ablesbar werden.

– Ich fürchte, du setzt deine Ehe aufs Spiel, sagte ich etwas sehr direkt.

– Das will ich eigentlich nicht, sagte er. Doch ich muss gehen.

– Fania wird bleiben.

In dieser scheinbar einzig von kosmischen und natürlichen Kräften beeinflussten Landschaft, war es schwierig, über Probleme zu reden, die in jener anderen Welt von Straßen, Verkehr und zerbauten Räumen ihren Ursprung hatten. Sie störten, waren wie Lärm in der uns umgebenden Ruhe.

– Wir sind jetzt Anfang dreißig, sagte Serge. Und ich wusste nicht, meinte er uns beide oder Fania und sich.

– Die Aussicht, den Rest des Lebens in der Schweiz an einem Universitätsinstitut zu verbringen, ist unerträglich.

– Fania wird es nicht fair finden, dass du ohne sie Entscheidungen triffst, die ihr Leben und eure Ehe betreffen.

Serge schwieg, und ich beließ es bei der Feststellung. Zu nahe durfte man ihm nicht kommen. Es war, als ertrüge er es nicht, sich durch den anderen selbst zu sehen, diesem Menschen zu begegnen, der er war und den er nicht immer mochte.

# 17

Die Tage verliefen ungeregelt. Wir schliefen, wenn wir müde waren, taten, wozu wir gerade Lust hatten, einzig zu den Mahlzeiten trafen wir uns, kochten gemeinsam, saßen am Tisch vor dem Haus zusammen.

An einem bedeckten Tag beschlossen wir, zu einer Stromschnelle zu fahren, die Serge von früheren Besuchen her kannte. Tosend und schäumend schoss das Wasser durch eine flache Felsenge, auf deren von den eiszeitlichen Gletschern glattgeschliffenen Flanken prähistorische Zeichnungen in den Fels geritzt waren. Isabelle und ich hockten uns auf den Steg, der am Wasser entlang führte. Eingehüllt von den reißenden, dumpfen, zischenden Geräuschen, betrachteten wir die eingeritzten Tiere mit Geweih, ziehende Herden, vielleicht Elche, doch auch Darstellungen, die sich nicht so leicht erschlossen und die ich als Schiffe deutete. Als wir später einen ruhigeren Ort am Flussufer gefunden hatten, sagte Isabelle, der Fels sei für sie wie durchlässig geworden.

– Ich konnte zwischen den Zeichnungen umhergehen und sah mir die Tiere, Schiffe, Menschen an. Sie waren grau und undeutlich, aus Nebeln auftauchende, schattenhafte Gestalten, ähnlich wie ich in der Kindheit meine Umgebung wahrgenommen habe, in noch farblosen Bildern.

Und wir redeten darüber, dass wir hier im Norden, in dieser Landschaft aus Wald und See, in der Helle des Tages und der Dämmerung der Nacht, uns in einer tieferen existenziellen Schicht des Daseins bewegten, die uns gemäßer als das alltägliche Leben erschien. Doch wir kannten die Gefahren nicht, die diese tiefere Daseinsschicht hatte, wenn der moderne Überbau scheinbar wegfiel, wir uns sorglos ihr überließen, ohne durch äußere Anforderungen gehalten zu werden. Noch am selben Tag sollte ich sie kennenlernen.

Fania schlug nach dem Abendessen eine Nachtwanderung vor. Da sich weder Serge noch Isabelle dafür begeistern konnten, zogen wir allein los. Nach etwa einer Stunde, in der wir am Ufer der Bucht entlanggegangen waren, kamen wir zu einem zur Zeit unbewohnten Haus. Vom Garten führte ein Steg hinaus in den See, der ruhig und glatt unter dem kupfrigen Schein des Himmels lag. Wir zogen uns aus, sprangen ins Wasser, schwammen, ließen uns von der Kühle tragen, genossen diesen Moment der Schwerelosigkeit, legten uns danach auf den Planken des Stegs nebeneinander hin. Es war eine halbe Drehung. Wir machten sie gleichzeitig zueinander hin, umschlangen unsere kühlen Körper, hörten in der Nachtstille den Atem des anderen im Ohr, schlossen uns in das Innere zweier Körperwelten ein, die aus Interferenzen ihrer dunkelrot aufleuchtenden Wellen eine Annäherung suchten, bis sie sich überschnitten und zu stehenden Wellen verstärkten, die lange bleiben wollten, bevor sie auseinanderbrachen und verebbten.

Wir gingen den gleichen Weg zurück, trennten uns vor dem Haus, gingen in die jeweiligen Schlafzimmer. Es war das erste Mal, dass ich mit einer anderen Frau als Isabelle geschlafen hatte. Doch ich verspürte keine Schuldgefühle, fragte mich aber, ob nun nicht nur Serge, sondern auch ich ein Problem mit der Beziehung hatte.

# 18

Es tat gut, mich und meine Arbeit am Institut etwas herabzusetzen und mich klein zu machen. Ich fühlte mich dadurch Serge gegenüber weniger unbehaglich. Egal ob vorsätzlich oder nicht, man schlief nicht mit der Frau seines besten Freundes. Ich klagte, ich würde von einem Projekt zum anderen verschoben, nichts käme zu Stande, und ich hätte mich kürzlich an den Schlaumeier hinter seiner hochgestellten Kiste in London erinnert und mich gefragt, ob ich vielleicht auch nur ein Joker in einem undurchsichtigen Spiel sei.

– Mir ist nicht klar, sagte ich, weshalb Lavetz mich behält. Offenbar gehöre ich zur »Blutauffrischung«, ein Wort, das am Institut die Runde macht und für Unruhe sorgt. Wiedemann und Gerda, Bens Sekretärin, hatten mit Lavetz in der Farnegg zusammengesessen. Lavetz hatte ziemlich getrunken und davon gesprochen, dass es dem Institut an Aufbruchsgeist fehle, der einmal geherrscht habe. Es brauche neue Köpfe mit neuen Ideen ...

– Und? Hattest du eine neue Idee?, fragte Serge.

– Lavetz hat vorgeschlagen, ich solle mich mit der Energieproblematik weiter auseinandersetzen, Ende des

Ölzeitalters, Kritik an der Atomenergie und ihren Gefahren, die Möglichkeiten alternativer Energieproduktion durch Sonnenenergie oder Biogas.

Serge lachte sein verstecktes, inneres Lachen.

– Da schickt er dich auf ein Problemfeld, in dem einige Minen vergraben sind.

– Eine ist schon hochgegangen, sagte ich.

Als Erstes sollte ich eine Dokumentation zusammentragen, welche die Gefahren von Atomkraftwerken belegt. In dem Zusammenhang habe ich auch einige Überlegungen notiert, die mir während der Beschäftigung mit dem Thema zugeflossen sind. Sie waren nicht für die Dokumentation bestimmt, ich wollte sie lediglich für mich ausformulieren und festhalten. Als ich zwei Wochen später dem Geschäftsführer der »Schweizerischen Gesellschaft für Atomenergie« gegenübersaß und ihm von der geplanten Dokumentation berichtete, unterbrach er mich, öffnete die Pultschublade und zog meine bisher gesammelten Papiere in Kopie heraus. »Sie meinen, diese Dokumentation …?« Obenauf lag meine private Notiz.

– Ich hatte mir überlegt, sagte ich zu Serge, ob nicht im Gegensatz zur Untersuchung, wie eine neue Technik die Gesellschaft beeinflusst, es nicht auch die Möglichkeit gäbe, dass die gesellschaftliche Entwicklung einen Zustand erreicht, an dem eine neue Technik notwendig wird.

So lautete der Text:

*Es gilt, eine Art Psychologie der Atomtechnik zu entwerfen.*

*Der Ausgangspunkt muss die Frage sein: Warum tritt in einer bestimmten historischen Phase eine neue Technik in Erscheinung? Und warum diese und keine andere?*

*Ich vermute, dass dem Erscheinen einer neuen Technik – wie z. B. der Atomtechnik – eine kollektive Veränderung vorausgeht, in deren Folge diese und keine andere Technik notwendig wird. Am Ende des 19. Jahrhunderts lösten sich die herkömmlichen Gesellschaftsstrukturen auf. Als Folge des Ersten Weltkrieges hat eine Vermassung der Gesellschaft eingesetzt. Zugleich wurden neue Massengesetze in der Physik entdeckt. Durch die Kernspaltung stellten sich Fragen nach der Beherrschbarkeit von Masse. Wie erreicht man die »kritische Masse« bei der Bombe, und wie bezähmt man diese in einem Kraftwerk? Die Diktaturen der dreißiger Jahre waren eine erste Anwendung massenpsychologischer Gesetze. Aber man beherrschte lediglich das Massenwachstum und die Massenverdichtung – die notwendigerweise zur »kritischen Masse« führten und zur unkontrollierten, explosionsartigen Zerfallsreaktion des Krieges und seiner sich ausbreitenden Zerstörung. Zugleich wurden in der Entwicklung der Atombombe dieselben Gesetze im physikalischen-technischen Gebiet genutzt. Auch da beherrschte man den Massenzerfall noch nicht – und seit dem Zweiten Weltkrieg geht es darum, sowohl im physikalisch-technischen Gebiet wie in der Politik, die Zerfallsreaktionen von Massen zu beherrschen. Denn die Massen sind da – und sie sind nutzbar. Zum einen zur Energiegewinnung, zum andern zur Steigerung einer hauptsächlich wirtschaftlichen Produktion.*

Serge meinte, zu solchen Überlegungen gäbe es bereits Studien. Doch wie kommt er an deine Notiz?

– Das weiß ich nicht, und ich sagte dem Geschäftsführer, dass ich die Überlegungen lediglich für mich notiert habe. Sie hätten nichts mit der Dokumentation zu tun …

– Diese Notiz aber schon?, fragte er und zog aus dem Stapel meiner Papiere ein weiteres Blatt hervor, das mir die Schamröte ins Gesicht trieb.

Serge sah mich reglos an.

– Du erinnerst dich an Bruno Staretz, meinen Deutschlehrer? Ich treffe ihn hie und da, und wir hatten uns schon einmal darüber unterhalten, dass es bei Kongressen nicht so sehr um die Vertiefung eines Themas gehe, sondern um das oberflächlich Bekannte, das jedoch leicht verändert werden müsse, um neu zu erscheinen. Bei meinem letzten Besuch kam er auf unser Gespräch zurück. Er wolle noch ergänzen, dass zur kleinen Veränderung eines Themas die Umdeutung gehöre. Probleme, die eingestanden würden und deren Lösungen man bespreche, ließen sich zu Entschuldigungen umdeuten. So stehe am Schluss einer Tagung an Stelle der einvernehmlichen Beruhigung, was erkannt sei, werde auch gelöst, ein »Qui s'excuse, s'accuse«.

– Und genau die Strategie hatte ich auf der Seite skizziert, die ich an der nachfolgenden Energietagung anzuwenden hoffte, und die nun in Kopie vor dem Geschäftsführer der »Schweizerischen Gesellschaft für Atomenergie« lag.

Da seien mit mir und Bruno Staretz ja gleich zwei Romantiker am Werk, sagte Serge, als ich ihm den Gedanken der Umdeutung erläuterte. Romantiker, die glaubten, mit elfenbeinernen Essstäbchen ließe sich ein T-Bone-Steak essen, doch Leute wie der Geschäftsführer verzichten nicht nur auf die Stäbchen, sondern auch auf Messer und Gabel und nehmen nötigenfalls das Steak in die Hand.

– Das kleine Theater um deine Notizen sollte dir lediglich klarmachen, dass, wenn du dich mit ihnen anlegst, sie noch ganz andere Mittel zur Verfügung haben, als es dein Trick mit der Umdeutung ist.

Nach einer Pause und einem Blick über die Bucht sagte er:

– Übrigens, ich habe gestern mit Fania gesprochen und ihr von dem Angebot in Boston erzählt, und dass ich die Stelle angenommen habe.

Ich nickte und fragte nicht nach. Ihre Antwort kannte ich. Sie hatte sie dort draußen auf dem Steg gegeben, auf unserer Nachtwanderung.

# 19

Die Wochen, in denen ich an der Atomenergie-Tagung arbeitete, waren ruhig. Viele Mitarbeiter waren im Urlaub, im Institut fanden noch keine Tagungen statt, und Lavetz hatte Ben noch eine »letzte Chance« gegeben. Sein Kongress sollte im Herbst stattfinden. Gegen Ende des Sommers kam Ellen öfter in unser Büro. Sie arbeitete in der Abteilung »Managementseminare« und war kaum länger am Institut als ich. Sie hatte Betriebswirtschaft studiert, betreute die Seminare für die Klein- und Mittelbetriebe und brachte mit knapp dreißig gerade ihre erste Ehe hinter sich. Ellen fuhr einen Mini-Cooper, hatte kurzgeschnittenes Haar, das glatt um ihr ovales Gesicht lag, und große, naiv blickende Augen. Ihre Lippen waren voll, sie fragte viel, in weichem, süßlichem Ton, und wenn sie das Gefühl hatte, man müsste sie mögen, mischte sie ihren Worten einen Schuss Kindlichkeit bei.

Sie war seit Kurzem Bens Geliebte, und sie gab ihm nochmals Schwung und Arbeitskraft zurück. Er blühte auf, rief Ellen während des Tages mehrmals an, und an den späten Nachmittagen fuhren wir oft noch hinüber zur Farnegg. Ben war ausgelassen, er sang englische Lieder, rezitierte Blake, Wordsworth oder auch Kinderreime: »Humpty Dumpty sat on a wall«, und seine Augen blitzten, wenn er Ellen ansah. Wir saßen unter einer großen Platane, die Stühle in die schräg einfallende Sonne gerückt, und vertrieben die Wespen vom Tellerrand. Die Blätter fielen, über dem See lag ein leichter Dunst, der die Ufer und Hügel fast unerreichbar erscheinen ließ, als zöge sich die Landschaft mit goldenem Verglimmen langsam aus dem Dasein zurück. Und Ben, je später es wurde, erzählte mit leuchtenden Augen Anekdoten und Geschichten aus seiner Jugend, trank Grappa aus dem hohen Glas und zog den zähen gelben Rauch seiner Havanna in die Lungen. Er berichtete von den »miners«, die mit ihren Fahrrädern, den Schirmmützen und Hungertaschen in die Zechen fuhren. Sein Vater hatte als Junge 1926 den Streik miterlebt, sieben Monate, von Mai bis November, einen Generalstreik, welcher von den coal-miners ausging, die nichts mehr hatten und auch das noch verlieren sollten. Revolution, das schien die einzige Lösung: weg mit dem Staat, den Besitzern und Reichen, die selbstherrlich noch größere Armut verordneten. »Even if every penny goes, history will ultimately write up that it was a magnificent generation that was prepared to do it rather than see the miners driven down like slaves.« Das sagte Ernie Bevin am ersten Mai, und schon zwölf Tage später war die magnificent generation verraten. Driven down like slaves!

– Vater hat mir und Hazel, meiner Schwester, die Geschichte vom Streik 1926 immer wieder erzählt. Ihr kennt vielleicht noch Armut, sagte er, aber ihr wisst nicht, was Elend ist, und ihr sollt es auch nicht kennenlernen, aber eines müsst ihr wissen: Wenn's hart auf hart geht, verlasst euch auf den Mann links und rechts von euch, aber auf keine Organisation, auf keine Partei, auch nicht auf die Gewerkschaft.

Und es folgten Geschichten voll romantischem Sozialzauber, die einem für einen Augenblick glauben ließen, es sei wirklich wahr, dass eine kleine Gruppe mit nichts als ihrer Cleverness die hässliche Macht besiegt.

Doch nach spätestens zwei Stunden tauchten zum dritten oder vierten Mal die Scheinwerfer des Linienbusses in den Baumkronen der Farnegg auf. Es war spät und kalt geworden. Die Welt aus Farbe und Abenteuer, der schlagfertigen Worte zerfiel, wurde Asche, grau, gestaltlos. Ben wurde zu Hause von Frau und Kindern erwartet, und am nächsten Morgen saß er im Büro, müde und flau, starrte auf die Tektonik der Zeitschriften und Zeitungen, auf diesen aufgetürmten Mitteilungsdrang der Menschen, trank zwei Tassen Kaffee und rief dann Ellen in Martins Abteilung an. Er würde beweisen, dass allein er fähig gewesen wäre, einen Kongress in der Bedeutung des »Forum Humanum« zu organisieren.

## 20

1976 war ein Jahr der wirtschaftlichen Krise, und ich fragte mich, ob es durch das, was auf dem Steg in Finnland geschehen war, auch eine private Krise gab? Zu meiner Überraschung fühlte ich mich Isabelle näher und tiefer verbunden als zuvor. Ich liebte sie und schätzte ihre unbestechliche Art. Sie ließ sich nicht, wie ich mich in London, täuschen, und vielleicht rührte dies daher, dass sie täglich mit Körpern arbeitete und Körper nicht lügen: Pass auf, hatte sie gesagt, als ich sie nach den Ferien durchs Institut führte und sie Lavetz, Ben, Wiedemann vorstellte. Es sind kaputte Typen, mit denen du es zu tun hast. Dann charakterisierte sie Bens Haltung, die Art, wie er gestikulierte, »ein Spieler, aber mit leerer Tasche«. Sie sagte, ich sollte mir überlegen, »was das Reiben des Nasenrückens bei Lavetz« bedeute, und wies auf Bernhard Wiedemanns »teigige Unzufriedenheit« hin. Nein, eine private Krise gab es nicht, auch nicht, als ich ihr von Fania und der nächtlichen Wanderung erzählte.

– Das brauche ich nicht zu wissen, war alles, was sie dazu sagte. Behalte es das nächste Mal für dich.

Bis zum Ölschock 73, als die Erdöl produzierenden Länder sich zusammenschlossen und die Förderung drosselten, war ein wirtschaftliches Wachstum im Nachkriegseuropa die Regel gewesen. Jahr für Jahr hielten sich die Prozentzahlen auf konstanter Höhe, und selbst Fachleute kamen zur Überzeugung, man kenne die wirtschaftlichen Instrumente, um Krisen zu vermeiden. Ein Schrumpfen des Bruttosozialproduktes werde es künftig nicht mehr geben, es brauche im Gegenteil eine bewusste Steuerung, um den Forderungen des Club of Rome nachzukommen und das Wachstum zu drosseln. Doch der Ölschock beendete das stete Wachstum, und zwei Jahre später hatte es sich nicht nur verlangsamt, es war eingebrochen – und zwar um 6,9 Prozent, ein seit dem Zweiten Weltkrieg unvorstellbares Debakel. Es brachte Begriffe wieder in die politische Diskussion zurück, die als historisch galten wie Depression, Deflation, Krise, Zerfall – und das waren genau die düsteren Themenfelder, die sich für Tagungen eigneten. Ben Seymour hatte sofort mit der Planung eines fünftägigen Kongresses begonnen, der an Größe und Glanz alles Bisherige übertreffen sollte: Luxushotel, Luxusort, eine für die oberste Führungsschicht von Konzernen und höchste Regierungskreise ausgelegte Veranstaltung. Titel: »Auswege aus der globalen Krise«.

Lavetz wollte nicht teilnehmen, er sei nicht interessiert, doch werde er das Ergebnis prüfen. Ben wisse, mehr als zehn Prozent Defizit bedeute die Kündigung. Ich jedoch sollte mitfahren. Ich hätte ja in Kürze eine eigene Tagung zu betreuen, sagte Lavetz. Ich müsse darauf achten, was während des Kongresses die Aufgaben eines Projektleiters seien und wie Ben mit den Teilnehmern und Referenten umgehe.

Durch Lavetz' Wunsch, an dem Kongress teilzunehmen und von Ben zu lernen, wurde mir klar, wer meine Unterlagen und Notizen zu meiner Tagung dem Geschäftsführer der »Schweizerischen Gesellschaft für Atomenergie« zugespielt hatte. Es gab nur einen, der Interesse hatte, dass ich Schwierigkeiten mit meiner Tagung bekäme: Ben Seymour, Head of the Creative Department. Er musste fürchten, dass ich zu einem Konkurrenten werden könnte, den Lavetz zu seinem Nachfolger aufbaute.

## 21

Ich bekam den Auftrag, Otto Mangold, einen der Referenten, abzuholen und auf der fünfstündigen Fahrt in die Berge zu begleiten. Ben war am Vorabend mit Gerda, dem Techniker und Sabine von der Buchhandlung abgereist. Da Lavetz nicht teilnahm und Ben unabkömmlich war, ich üben sollte, mich mit Koryphäen zu unterhalten, wurde mir die Begleitung übertragen.
Im Maßanzug mit passender Krawatte und Hemd, in leichten Lederschuhen, die durch das modische spitze Zulaufen an den Zehen drückten, stand ich mit der neuen Over-Night-Tasche auf dem Vorplatz des Instituts bereit. Manf (eigentlich Manfred, den aber niemand so nannte), unser Chauffeur, hatte die Geschäftslimousine auf Hochglanz poliert. Er riss mit einem Grinsen die Rücktür auf, verstaute mein Gepäck, saß dann auf der Kante des Sitzes hinterm Steuer – er war knapp über eins fünfzig groß –, das narbige Gesicht mit den unsteten, wässrigen Augen im Rückspiegel, die Hände voller blutunterlaufener Flecken und schlecht heilender Wunden auf dem Volant. Er trug eine leichte, hellgraue Jacke, die gelblichen, dünnen Strähnen waren gescheitelt, sein Mund stand leicht offen.

– Kannst du das Fenster öffnen?
Er grinste.
– Musste mir noch einen genehmigen, bevor es losgeht – immerhin fünf Stunden –, ich weiß ja nicht, wann ich wieder dazu komme. Oder nicht, Thyl, oder nicht?
Seine Schulter zuckte nervös, als wollte er sich in Haltung bringen.
– Klar, Manf, sagte ich, und Manf trat aufs Gaspedal, dass der Kies von den Reifen spritzte. Irgendwann würden sie ihm den Fahrausweis wegnehmen, in nicht allzu ferner Zeit.

Es war ein föhniger Tag, verblasene Wolken an einem dünnblauen Himmel. Der See lag wie geschmolzenes Blei zwischen den Ufern, deren Anflug von herbstlichen Farbtönen wie das Make-up auf einem alten Gesicht wirkte.
Mangold wohnte in einer Villa, deren panoramische Lage seine Weltansicht mitbestimmen musste: Man lebte im Überblick, und dieses Privileg, so es denn eines war, rechtfertigte leicht gekniffene Augen und selbstverständlich gefällte Urteile, eingekleidet in Anzug und Würde. Otto Mangold war der jüngste Sohn von Markus Mangold, dem Schriftsteller. Sein Vater hatte die Villa nach dem Krieg gekauft, als er aus dem amerikanischen Exil zurückgekommen war und sich geweigert hatte, je wieder in Deutschland Wohnsitz zu nehmen. Bis zu seinem Tod in den späten fünfziger Jahren lebte er in der Villa, berühmt, geehrt, vom bürgerlichen Kult der Größe umge-

ben. Doch im Gegensatz zu Markus Mangolds Bedeutung nahm sich die Eingangsseite des Hauses schlicht aus: ein Kiesweg zwischen Spalierbäumen, eine lackierte Holztür mit Messingklinke. Ich starrte auf die Schwelle, über die das geistige Europa ein- und ausgegangen war, die bedeutendsten Männer und Frauen einer Epoche – starrte darauf, denn selbstverständlich wurde ich nicht hereingebeten. Im Dämmer der halboffenen Tür begann geheiligter Boden, und um den zu betreten, war ich nicht bedeutend genug.

Der Abschied von seiner Mutter, der Lebensgefährtin Markus Mangolds, dauerte, schließlich trat Otto Mangold heraus, ernst und gemessen, in der Erscheinung seinem Vater zum Verwechseln ähnlich.

Wir hatten zwei Stunden Autobahn vor uns, dann zwei Pässe mit einem tiefen Einschnitt dazwischen – genügend Zeit für eine ausgedehnte Konversation. Ich hatte mich vorbereitet und zwei Bücher von Otto Mangold gelesen. Er war Historiker, von eigenem Rang. Sein Spezialgebiet war die Reformationszeit, und seine Monographie über einen der Führer in den Bauernkriegen – Florian Geyer – galt als Standardwerk, mit dem er rund eine Million Franken verdient hatte, wie er während der Fahrt nebenbei erwähnte.

Meine Vorbereitungen zum Bauernkrieg und zu den religiösen Auseinandersetzungen des sechzehnten Jahrhunderts erwiesen sich als überflüssig. Wir hatten die Autobahn, die hoch über dem See den Wald zerschnitt und als graues Band auf die Berge zulief, noch nicht erreicht, als Otto Mangold zu einer ausführlichen Analyse des europäischen Niedergangs ansetzte. Das Krebsübel sei die angestrebte Aufhebung der Gegensätze, insbesondere derjenigen zwischen Ost und West, wie sie die deutsche Politik anstrebe.

– Man vergisst, dass unsere ganze Kultur auf Gegensätzen aufgebaut ist. Ich meine damit die abendländische Kultur, die ihren Ursprung einerseits im Christentum, anderseits im römischen Imperialismus hat. In dieser Grundanlage sind die Gegensätze von Anfang an verankert. Wenn Sie verfolgen, durch welches Prinzip die bäuerlichen Kulturen Mitteleuropas, der germanischen, gotischen, slawischen Stämme zerstört wurden, dann finden Sie, dass es das primitive, brutale Prinzip des Gegensatzes war. Welches Gebiet Sie sich auch vornehmen – sei es Moral, Ethik, Religion, Politik –, stets finden Sie als Grundstruktur des Handelns und Urteilens einzig und allein den Gegensatz: Gut-Böse, Gott und Teufel, Staat und Kirche. Der Gegensatz ist das alleinige Ordnungs- und Differenzierungsprinzip, das wir uns seit zwei Jahrtausenden leisten. Man mag es bedauern oder ungenügend finden, aber es ist eine Tatsache. Wir sind deshalb auch alle gute Analytiker, aber von der Zusammenführung, der Synthese, verstehen wir nichts. Gar nichts. Ganz im Gegenteil. Doch wir sind müde geworden. Müde geworden von etwas, dessen Sinn uns abhandengekommen ist. Wir möchten die Gegensätze loswerden und wie alle

Müdegewordenen versuchen wir es mit der Sentimentalität. Was tun wir?

Ich wusste es nicht, außer, dass wir mit ziemlich überhöhter Geschwindigkeit die Landschaft zerfetzten.

– Wir verwischen die Gegensätze. Verstehen Sie mich recht, wir vereinigen sie nicht, wir sind keine Synthetiker, dazu fehlen uns die Fähigkeiten. Synthese bedeutet, beide gegensätzlichen Positionen vollständig zu verlassen, um zu etwas Neuem, Übergeordnetem zu kommen. Wir jedoch in unserer Ermüdung glauben, dass Schwarz und Weiß verschwinden, wenn wir sie zu Grau verwischen. Und genau das macht die Ost-West-Entspannung. Oder wollen Sie es bestreiten?

Nein, wollte ich nicht. Es genügte mir, dass er sprach, und etwas anderes hatte Mangold auch nicht im Sinn. Er entwickelte in aller Ausführlichkeit eine Theorie, wonach die Gegensätze durch ihr Verwischen unbewusst würden, ohne von ihrer Spannung zu verlieren. Sie würden in das gesellschaftlich Unbewusste absinken. Damit entledige man sich des einzigen Ordnungs- und Differenzierungsprinzips – und fördere einen Prozess gesellschaftlichen Vergessens. Und das war, wenn ich richtig verstand, der Grund für einen wachsenden Kollektivismus und sozialen Verwöhnungsstaat. Dagegen brauche es einen ungezügelten Liberalismus, der gleichzeitig ein rigoroser Antikommunismus sei.

– Da haben Sie den »Ausweg aus der globalen Krise«, sagte er, indem er Bens Tagungstitel zitierte.

Für mich stellte sich der Ausweg beängstigend in einem beigefarbenen Coupé dar, das auf uns zugerast kam. Wir hatten die Autobahn verlassen. Manf setzte zu einem Überholmanöver an, rutschte mit einem Ruck ganz nach vorn, um das Gaspedal durchzutreten. Ich schätzte, wir verfehlten das Coupé um knappe zwanzig Meter. Und Manf klammerte sich ans Steuer, zuckte mit der Achsel, und seine Augen im Rückspiegel tanzten wie Schmetterlinge über die Wiese. Er hatte ziemlich schlechte Nerven für einen Chauffeur.

Ich schielte zu Mangold hinüber. Sein väterliches Profil stand unbeweglich im Gegenlicht des Seitenfensters: eine hohe gerade Stirn, die leicht geschwungene Nase, ein energisches kraftvolles Kinn. Er hatte von Manfs Manöver nichts bemerkt, saß da wie das Denkmal seines Vaters.

– Wir müssen die Gegensätze erhalten, sagte er versonnen. Sentimentalitäten helfen nicht. So wie wir unser Leben in einer liberalen Wirtschaftsordnung führen, setzt voraus, dass andere leiden und hungern.

Manf schwenkte scharf nach rechts aus und stand an der Tankstelle auf der Bremse. Der Wagenschlag klappte zu, es war plötzlich still. Mangold schwieg. Ich sah zwischen den Zapfsäulen an eine dunkle Felswand hinauf, mit spärlichem Grün auf Absätzen und Bändern und einem rötlichen Schimmer auf einzelnen Flächen, wo die Sonne das Gestein streifte. Ich sah – aber ich hatte nichts mit der Landschaft im Sinn, und sie noch weniger mit mir. Ich war ganz mit dem Gedanken beschäftigt, dass wir zu einem Hotel in einem Bergort unterwegs waren, dessen verschwenderischer Luxus noch sehr viel mehr Leiden und Massen an Hungernden voraussetzte als eine Villa über dem See.

## 22

Die Aussicht vom Speisesaal aus war überwältigend, und ich stand mit etlichen Teilnehmern im vorgewölbten Rund, jeder für sich mit dem Eindruck beschäftigt, den das Panorama in ihm auslöste. Über Dächer hinweg und den von Arvenwäldern und Wiesen umrahmten See ging der Blick auf die verschneite Bergkette, ein hochgestoßenes Massiv, das mit schwarzen Felsschründen zwischen den schneehellen Flächen in einer Klarheit im Abendlicht stand, wie ich es zuvor nie gesehen hatte. Die Luft schien reiner Kristall, und die tiefstehende Sonne brach sich zu spektralen Farbtönen, die von einem tintigen Blau zu hellem Gelb und Kupferrot spielten und im See einen mattbeschlagenen, bereits sinkenden Spiegel fanden. Während die Kristallüster über den runden, weißgedeckten Tischen allmählich ihre Wirksamkeit zur Geltung brachten, funkelten, glitzerten und schimmerten, wurde man diskret, mit leichter Verbeugung, zu Tisch gebeten und begleitet, wurde der Stuhl, während man an die Tafel trat, zugestellt. Ich saß etwas überrascht in einem Kreis von Unbekannten, mit denen man nun für die Dauer des Dinners gehalten war, Konversation zu treiben, während sich die Gänge von der Consommé, über Vorspeise, dem ersten und zweiten Gang, zur Nachspeise hinzogen. Als ich mich endlich in mein Zimmer zurückziehen konnte, einen wärmenden Ziegelstein im Bett fand und bei gedämpftem Licht an die Stuckdecke sah, kam ich mir seltsam entwirklicht vor. Als wäre ich mein Abbild in einem Film, den ich mir anschaute, etwas ungläubig, dass tatsächlich ich es war, den ich mitspielen sah. Dabei fühlte ich mich in einem Dazwischen von Zeiten: War das Ambiente pure Vergangenheit, so gehörten die Menschen, mit denen ich den Abend verbracht hatte, alle einer auf Zukunft ausgerichteten Spezies an. Sie waren Topmanager international agierender Konzerne, die sich in Themen und im Austausch sofort zurechtfanden. So war man sich sogleich einig, dass Chile, nach dem Sturz und der Ermordung Allendes, wieder zu einem gesicherten Standort unter Pinochet geworden war.

– Sie müssen hinfahren, um es zu glauben, in wie kurzer Zeit Chile wieder zu einer wachsenden Wirtschaft zurückgefunden hat.

Am nächsten und an den folgenden Tagen hörte ich mir die Vorträge und Round-Table-Gespräche an, beobachtete Ben, wie er mit den Referenten sprach und den Teilnehmern das konspirative Gefühl gab, er wüsste selbstverständlich, dass das jeweilige Gegenüber die wichtigste Persönlichkeit im Saal war, es sei allerdings nicht nötig, dies auch zu zeigen. Mit dem Instinkt meiner Unsicherheit spürte ich, wie abhängig die geladenen Berühmtheiten von dem waren, was ich ihnen möglicherweise künftig bieten konnte: internationale Auftritte, wachsendes Ansehen. Folglich bemühten sie sich um mich, waren zuvorkommend, sobald ich mich als Projektleiter vorstellte. Ich fühlte Macht diesen mächtigen Menschen gegenüber, und das war eine mich irritierende Erfahrung. Sie hatte eine berauschende Wirkung und einen bitteren Geschmack. Nie war ich als Mensch, als Thyl Osterholz, der etwas über die Welt erfahren wollte, gemeint. Ihre Komplimente galten meiner Funktion beim Institut für Soziales, und diese Einsicht half gegen meine anfängliche Schüchternheit. Sie ließ mich selbstbewusster auftreten. Ich fand zu einer eigenen, von Ben verschiedenen Art des Umgangs mit den »Herrschaften«, wie ich die Berühmtheiten und Topmanager nannte. Mir lag das Schmeichlerische, das Ben so vorzüglich beherrschte, nicht. Ich fand eine snobistische Arroganz für mich geeigneter. Wohldosiert war sie sehr wirksam, vor allem, wenn man sie mit etwas Hochstapelei würzte. Als alle am Tisch das Lob auf Pinochet sangen und mir empfahlen hinzufahren, um mich von dem großartigen Wandel zu überzeugen, sagte ich:

– Nun sehen Sie, das habe ich bereits getan. Ich war in Chile zur Beerdigung meines Cousins zweiten Grades. Er hat die Folterungen nicht überlebt.

In einer Kaffeepause am Nachmittag sprach mich der Chef der »Neonelectricity« an, ein Amerikaner, schlank, großgewachsen, mit braunem, gewelltem und nach hinten gekämmtem Haar.

– Sie also sind der Bursche, der eine Kernenergie-Tagung plant. Darf ich Sie zu einem Drink an der Bar einladen?

Während er einen Bourbon bestellte und ich einen Martini, sagte er:

– Ich habe Ihre Notizen gelesen, ja, in Übersetzung, und Sie haben selbstverständlich recht. Wir haben Probleme, vor allem eine breite Akzeptanz der Kernkraftwerke in der Bevölkerung zu schaffen. Als einem Anfänger in der Umdeutung von Fakten kann ich Ihnen verraten, dass wir diese Kunst schon lange selbst anwenden. Es sind zum Beispiel wir selbst, die kerntechnische Industrie, die den Protest gegen ein neues Kraftwerk organisieren.

Nein, James Cauley lächelte nicht. Er schaute im Gegenteil interessiert aus dunkelbraunen Augen in mein Gesicht, und ich war damals noch kein Meister im Beherrschen meiner Gesichtsmuskeln: Er musste Verblüffung sehen.

Er nahm einen Schluck von seinem Bourbon, ließ die Eiswürfel im Glas klingeln, und noch immer ernst und konzentriert sagte er:

– Auch wir haben La Rochefoucauld und Machiavelli gelesen, und Sie werden sich jetzt fragen, weshalb wir den Widerstand gegen die Kerntechnik provozieren. Zeit! Jede Protestbewegung ermüdet, also muss sie früh beginnen, zumal wir Eingeständnisse eingeplant haben, die wir machen, um das zu erhalten, was wir schon immer haben wollten. Das machen Sie doch auch?

Ein weiterer Schluck war fällig, und allmählich begriff ich, dass selbst der Bourbon Teil einer Dramaturgie war, mit der Mister Cauley seine Akzente setzte.

– Ein Zugeständnis werden auch Sie hoffentlich machen. Sagt Ihnen der Name Llewellyn King etwas? Er ist der Herausgeber des »Weekly Energy Reports« in Washington, ein brillanter Kopf. Laden Sie ihn ein, und wir – die Industrie – werden an Ihrer Tagung teilnehmen, egal, wen Sie sonst noch aufbieten. Deal?

Als ich nun meinerseits weder lächelte noch nickte, nahm James Cauley, Chef der »Neonelectricity«, einen letzten Schluck, stellte sein Glas sehr vorsichtig auf den Tresen, wandte sich ab:

– Übrigens, Ihre Überlegungen zur Massenbeherrschung und Technologie sind purer Unsinn.

Und jetzt lächelte er.

## 23

Sabine betreute den Büchertisch, auf dem neben Titeln zum Thema »Krise«, auch Exemplare der Reihe *Streiflichter* ausgelegt waren und selbstverständlich die Publikationen der Referenten. Am freien Nachmittag, an dem für die Kongressteilnehmer Gletscherflüge und Transfers zum Golfplatz vorgesehen waren, fragte Sabine mich, ob ich sie auf einen Spaziergang begleite? Sie wäre mir dankbar, denn sie würde gerne den Nachstellungen eines Referenten entgehen, der sie unbedingt zu einem Rundflug einladen wolle.

– Es ist immer dasselbe Muster, sagte sie, imponieren, protzen, einfordern. Leicht zu durchschauen und unsäglich albern.

Obwohl die Buchhandlung neben Bens Büro lag, sahen wir uns lediglich während der Kaffeepausen. Selbstverständlich sagte ich zu, sie zu begleiten, und wir gingen durchs Dorf hinunter zum See, in dessen dunklen Spiegel hinein eine felsige Rippe ragte. Der Fußweg führte am Ufer entlang, und der nadelbestreute Pfad unter Arven, zwischen rötlichen Felsen durch, war der passende Rahmen für Sabines kühle Schönheit. Sie war schlank und großgewachsen, trug einen Jeansrock und eine Wolljacke über dem Rollkragenpullover. Sie hielt sich gerade, straff, das Kinn leicht zurückgenommen. Der Referent, der ihr nachstellte, musste blind sein. Sabine war nicht zu haben, um sie lag eine Unnahbarkeit, die zu durchbrechen mit Geld und Rundflug nicht zu machen war.

– Was hast du dem Referenten gesagt?
– Dass ich bereits zu einem Spaziergang verabredet sei.
– Mit einem Freund selbstverständlich.
– Mit meinem Mann.

So viel Dreistigkeit hatte ich ihr nicht zugetraut, doch sie lachte, sagte:

– Ein Witz! So etwas würde ich mir nie erlauben.

Sabine gehörte zur »alten Garde«, so wurden die Mitarbeiter genannt, die am Institut von den ersten Handelstagungen an mit dabei gewesen sind.

Wir setzten uns an der Spitze der Halbinsel auf eine Bank, von wo der Blick frei aufs Wasser und die gegenüberliegenden von Felsbrocken durchsetzten Wiesen ging.

Sie sei froh, wenn der Kongress vorbei sei.

– Ich habe so viele erlebt, und im Grunde laufen sie stets gleich ab: Am Anfang steht ein Problem, zum Schluss wird ein Forderungskatalog zu Händen der Regierungen verabschiedet, der in Schubladen verschwindet und den niemand liest.

Es sei doch interessant, sagte ich, Leute zu beobachten und kennenzulernen wie Otto Mangold oder heute Mister Cauley. Ich würde genau das an meiner Arbeit schätzen, Erfahrungen zu machen, die ich sonst nie hätte machen können, wie die Reise nach London oder der Besuch beim Chef der Vereinigten Schweizer Banken. Selbst eine Woche an diesem Ort hier, in diesem Hotel, könnte ich mir nie leisten.

– Andererseits finde ich die Unruhen und Spannungen am Institut belastend. Zuerst waren es Projekte, die begonnen und nicht zu Ende gebracht wurden, dann war von einer Neuausrichtung des Instituts und einem »Forum Humanum« die Rede, und nun beabsichtigt Lavetz offenbar, Ben loszuwerden. Doch weshalb er das will, und warum das Institut umgestaltet werden soll, verstehe ich nicht.

– Es ist am Institut schon immer unruhig gewesen, sagte Sabine, doch den Grund kenne sie diesmal nicht.

– Die Spannungen haben ziemlich genau angefangen, als du ans Institut kamst …

– … und als Aushilfe Zettel mit Stichworten ausfüllte.

– Deshalb dachten wir, du seist als Hilfe für Ben eingestellt worden. Doch dann hast du Projekte betreut, und das förderte Gerüchte, vor allem nach dem Gerede von der »Blutauffrischung«, du könntest Ben ablösen.

Ben sei nicht ersetzbar, sagte ich. Schau dir diesen Kongress an! Eine Spitzenbesetzung an Referenten, hochrangige Teilnehmer, ein volles Auditorium.

– Lavetz wird ihn deshalb auch kaum entlassen können, sagte Sabine, zumal Ben zu lange am Institut ist, um ohne schwerwiegende Verfehlung gekündigt zu werden.

Und nach einem langen Blick auf den See sagte sie:

– Ich kann dir nicht sagen, ob etwas hinter all dem steckt, worüber geredet wird. Die Empfindlichkeiten sind gegenseitig groß, wie es die Egos sind. Du wirst gemerkt haben, dass du es mit narzisstischen Menschen zu tun hast. Sie sind faszinierend und charmant, doch nur so lange du ihrem Ich dienst. Komm ihnen in die Quere, und es ist mit Charme und Wohlwollen vorbei.

Ich dachte an Isabelle, und dass sie wie Sabine bei Lavetz, Ben und Bernhard Eigenschaften bemerkt hatte, die mir entgangen waren. Vielleicht war es mit meinem intuitiven Wahrnehmen von dem, was anderen entging, doch nicht so weit her.

Ein kühler Wind war aufgekommen, der Wasserspiegel war rau und dunkel geworden. Wir gingen den Weg entlang des Ufers zurück, und ich dachte, dass ich in Sabine eine Freundin am Institut gefunden hatte, die mir wohlgesonnen war.

Als wir zurück ins Hotel kamen, fragte ich sie, was sie denn nun dem Referenten erzählen werde, wenn er mit einem neuen Angebot aufkreuzte.

– Ich werde ihm von einem wunderbaren Spaziergang zum See erzählen, und dass ich ihn mit jemandem gemacht habe, den ich auch morgen wieder treffen werde.

Sie lachte, und mir wurde in dem Moment klar, dass auch sie einen Vertrauten brauchte, um sich zu schützen.

## 24

Ich sollte bei der Vorbereitung zu meiner Atomenergie-Tagung zu spüren bekommen, wie weit der Einfluss von Herrn Cauley und seiner Industrie reichte: Nichts ging. Ein paar lokale Gegner sagten eine Teilnahme zu, doch niemand von den Befürwortern. Eine internationale Tagung ohne Beteiligung der kerntechnischen Industrie, allein mit gegnerischen Referenten, ließ sich schon aus finanziellen Gründen nicht realisieren. Also lud ich Llewellyn King ein, suchte nach schwergewichtigen Gegnern in den USA, Frankreich und Großbritannien. Und die Teilnehmerliste verlängerte sich täglich. Offenbar garantierte Llewellyn King eine hochkarätige Tagung, an der man nicht fehlen durfte: Sie wurde ein Erfolg, und der sollte gefeiert werden.

Lavetz lud die Mitarbeiter ins »Steinhaus« ein, das der Gründer für sich neben dem Institut in den fünfziger Jahren hatte bauen lassen und das Lavetz bewohnte. Es war im Äußeren einem englischen Landhaus nachgebildet, aus massigen, grobbehauenen Steinquadern gemauert, mit einem tiefgezogenen Dach, das spitz in die Kronen kräftiger Ahornbäume ragte. Von der Eingangshalle des

Hauses führte eine Treppe hinunter in ein Kaminzimmer, durch dessen Fensterfront der Blick hinaus auf Rasenflächen, Bäume und das Schilf entlang des Bachs ging. Eine Tanzfläche war freigeräumt worden, um die im Halbkreis Stühle, Sessel und kleine Tische standen. In der Tiefe des Raums rauchte der Kamin, Lavetz stocherte mit dem Feuerhaken in den angekohlten Scheiten. Die Flammen schlugen hoch, erloschen wieder wie Blitze in Gewitterwolken.

Ben und Bernhard, die kurz nach mir eintrafen, hatten sich in eine Ecke zurückgezogen, unterhielten sich gedämpft und versicherten sich mit kurzen Blicken nach dem Kamin hin, dass Lavetz sie nicht beachtete. Von Bens und Bernhards Gespräch verstand ich vorne an der Fensterfront zum Park nur wenige vereinzelte Sätze.

– Du übertreibst … warum sollte LAV das wollen …

– Ich kenne ihn … nichts ohne Absicht … wenn auch nur eine Gelegenheit …

Ein trockenes, höhnisches Lachen.

– … weiß … vor fünf Tagen … und betrifft uns alle!

Es regnete. Hinter einem Beet verwelkter Astern breitete sich der Rasen des Parks aus, olivfarben vom dämmrigen Licht, und die Bäume standen dunkel gegen den Himmel. Das Dämmerlicht und die tiefstehenden Wolken machten den Park zu etwas Abgeschiedenem und Uraltem, dem ein Anflug von künstlicher Gestaltung die Wildheit nahm, doch noch immer den Schein, natürlich gewachsen zu sein, bewahrte. Die perfekte Kopie eines englischen Gartens!

Allmählich waren auch die übrigen Mitarbeiter eingetroffen. Das Grammophon begann zu spielen. Bob Dylan: »How many roads must a man walk down before you call him a man …«. Gerda schüttelte sich das Haar in den Nacken, tanzte und sang dazu und lachte mir zu. Endlich brannte das Feuer, Lavetz tauchte auf, das Gesicht feucht und gerötet:

– So, los, los!, schrie er in das Stimmengewirr und die Musik. Stoßen wir endlich an.

Die Gläser wurden erhoben.

– Trinken wir auf Thyls erste Tagung und auf das Institut! Dass es aus dem Stillstand herausfinde – mit neuem Leben, neuen Ideen, neuen Menschen.

Etwa dreißig Leute saßen um niedrige Tische oder hockten vor dem Feuer und brieten Kastanien auf dem Rost.

– Gratuliere! Du hattest ein tolles Presseecho.

Martin Schwarz-Egersheim war ein großgewachsener, kräftiger Mann, in Jeans und mit offenem Hemdkragen. Er mochte um die vierzig sein, mit Stirnglatze und einer sommersprossigen Haut. Er leitete die Abteilung »Managementseminare«, über die Ben und Bernhard spotteten, es seien konventionelle, reformistische Lehrveranstaltungen. Martins Abteilung hatte jedoch ein unschlagbares Argument für sich: den Erfolg. Sie verdienten Geld. Recht viel Geld. Schwarz-Egersheim und sein Team hatten denn auch vom Institut unabhängige, eigene Büros.

– Deine Tagung hat gezeigt, sagte er, dass es neue Impulse braucht, wie LAV eben gesagt hat. Institutionen müssen sich von Zeit zu Zeit erneuern.

Ben, der neben mir stand, ließ deutlich seine Verachtung spüren.

– Ihr verkriecht euch in der Villa an der Bündtenstrasse, macht eure braven Kurse und habt keine Ahnung, was das Gerede von Blutauffrischung und neuen Impulsen bedeutet.

– Und das wäre?

Ben wandte sich mit einem mitleidigen Lächeln ab.

– Find es selber raus, sagte er, und verzog sich mit seinem Weinglas in eine Ecke, weit ab vom Kamin und dem Rösten von Kastanien.

Ich wurde an einen benachbarten Tisch gerufen. Gerda, Sabine und Bernhards Sekretärin Ruth winkten mich zu sich, rückten zusammen und schoben einen weiteren Stuhl zu. Lavetz habe mich wegen der Atomenergie-Tagung gelobt, sagte Gerda, genau die Art Tagungen würden wir künftig brauchen. Geschmeichelt schwadronierte ich vom Prinzip der Umdeutung, mit dem ich gearbeitet hätte, die das heimliche Rezept für den Erfolg der Tagung gewesen sei. Angeberisch sagte ich:

– Was brauchte es noch mehr als dieses kurze Schlusswort von Bert Bertram. Er hat aus der zusammengetragenen Liste der zu lösenden Probleme lauter Argumente gegen die Atomenergie gemacht.

Sabine lachte und klatschte in die Hände.

Wie schon während Bens Kongress umgab sie die kühle Vornehmheit einer Gutsherrin aus vergangener Zeit. Gerdas Blick dagegen war leer, ihr Mund stand leicht offen, und sie schien sich zu fragen, was das für sie bedeute, wenn ich künftig eine Position wie Ben einnähme, während Ruth, eine schlanke, energische Frau, die Haare straff nach hinten frisiert, mit einem Zug um den Mund, der künftig Bitterkeit erahnen ließ, sagte:

– Ich verstehe nicht, weshalb ihr diese Spielereien betreibt, Bernhard, Ben, jetzt auch du, Thyl. Dieses »Prinzip der Umdeutung«, wie du es nennst, hat für mich etwas von Hinterhältigkeit: Man lässt jemanden seine Probleme aufzählen und macht sie danach zu Vorwürfen.

Die Bemerkung hätte von Isabelle sein können, und ich fühlte mich unbehaglich. Ich wollte den eitlen Eindruck wegwischen und behauptete, es seien keine hinterhältigen Tricks, sondern dramaturgische Kniffe, um die Diskussionen in Gang zu halten. Noch während ich das sagte, sah ich zu Ben. Er saß abseits, allein, eine Flasche vor sich. Sein Gesicht war blass. Eine fettige Strähne hing ihm in die Stirn. Langsam führte er die gerötete Hand mit der Havanna zum Mund, und ich spürte, wie seine Gedanken um stets dasselbe Thema kreisten: Nach einer Blutauffrischung würde er ausrangiert werden, und ich empfand, wie unerträglich es für ihn war, hier stumm zu sitzen und den Schöntuern um Lavetz nicht sagen zu können, was er von ihnen hielt: dass sie Nieten und Nichtskönner waren, die seit Jahren von seiner Arbeit lebten, von dem, was er aufgebaut hatte. Verachtung und Abscheu explodierten in ihm, ließen ihn zum Glas greifen, um sich zu betäuben. Doch sein Tag käme, an dem sich die Leute hier noch die Augen reiben würden.

## 25

– Und wann fliegst du?
– Nächste Woche, am Dienstag.

Wir saßen in einer Nische der Klosterstube, und uns beiden war klar, dass es für lange Zeit das letzte Mal war, dass wir einen gemeinsamen Abend verbringen würden.

Sie hätten ihm noch Schwierigkeiten an der Uni wegen Vertragsbestimmungen gemacht:

– Es zeigte sich die kleinliche Art, wegen der ich wegwill. In Boston stellen sie mir eine eingerichtete Wohnung zur Verfügung, zentral, nahe beim Hafen – so haben sie mir geschrieben und ein paar Fotos geschickt.

Serge war innerlich schon unterwegs, durchdrungen von einer euphorischen Aufbruchstimmung. Sie hatte etwas von Rausch, der nicht dauern würde.

– Und Fania bleibt da?
– Sie lässt sich scheiden. Wir sind schon jetzt getrennt. Sie kann und konnte mir nicht nachsehen, dass ich eine Entscheidung getroffen habe, ohne zuvor mit ihr zu sprechen …

– … und das ist ja auch ein Bruch des Vertrauens.
– Unsinn, sagte er heftig. Es war kein Vertrauensbruch,

sondern Notwehr. Ich habe genau gewusst, dass, wenn ich mit ihr reden würde – ich meine über die konkreten Pläne, und nicht nur über eine noch vage Absicht –, ich nie gehen würde. Sie wäre stärker als ich und würde sich durchsetzen. Doch bleiben, hier in dieser Enge, wäre das Ende, beruflich, aber auch menschlich.

– Du hättest vielleicht etwas in der Schweiz finden können, ein Nationalfondsprojekt, eine Anstellung an der ETH Lausanne, was weiß ich.

Serge sah vor sich auf das gedunkelte Holz des Tisches. Das euphorische Vibrieren war weg, er hatte etwas Jungenhaft-Hilfloses, als er sagte:

– Thyl, wir sind Jugendfreunde, waren täglich zusammen, bis dein Vater die Firma verließ und mein Vater die Leitung übernahm. In der Zeit begann er zu trinken, wahrscheinlich wegen der zu großen Arbeitslast. Er ist heute ein Alkoholiker, den Mutter einigermaßen in der Spur zu halten versucht. Ich bin nie gerne nach Finnland in die Ferien mitgefahren, weil Vater sich dort regelmäßig betrank, randalierte und die Tage zur Hölle machte. Ich habe im letzten Jahr gemerkt, dass ich selber begonnen habe, zu viel zu trinken, um mich zu betäuben – doch ich will nicht wie mein Vater enden.

Ich nickte. Dagegen ließ sich nichts einwenden, und so schwiegen wir eine Weile.

Ich erzählte ihm von dem Abend bei Lavetz, wie ich Ben Seymour beobachtet hätte, wie er allein saß, trank, und es sei gewesen, als wäre ich in seinem Kopf, hörte die

Gedanken, spürte den Hass, die Verzweiflung und konnte seine tiefe Verletztheit nachempfinden.

– Vielleicht ist er an dem Punkt angelangt, Serge, an den du nie kommen willst: am Ende zu sein, beruflich, aber auch menschlich. Er soll entlassen werden, und seine Familie ist zerbrochen.

Serge lachte auf:

– Und du glaubst, du könntest dich in solch eine Lage hineinversetzen?

Ja, das glaubte ich.

– Doch dann sind Dinge geschehen, die ich nicht für möglich gehalten habe. Von denen ich besser nichts gehört hätte, und deren Absichten oder Motive mir unverständlich sind.

Ich hatte mich bei der Feier im Steinhaus wie die meisten schon verabschiedet. Nur Ben, Ellen, Bernhard, Gerda, so wie zwei von Schwarz-Egersheims Leuten haben noch beim Kamin gesessen, in dem letzte Scheite glommen. Lavetz tanzte mit Ruth, und das eng umschlungene Paar drehte sich langsam vor der nachtschwarzen Scheibe. Lavetz' Hand lag auf Ruths Hintern, und sie blickte hilfesuchend zu Bernhard hin. Doch der saß teilnahmslos im Sessel, kaute auf der erloschenen Zigarre. Er hätte eingreifen und zum Verhältnis mit seiner Sekretärin stehen müssen. Doch dazu war er zu feige, und er ließ geschehen, dass Lavetz Ruth zu den oberen Wohnräumen führte, beachtete ihren Blick auf der Treppe nicht, den sie ihm zuwarf.

Notizbuch, Oktober 1976

Ruth hat ein paar Tage später Sabine in der Stadt getroffen und erzählt, was geschehen war, nachdem sie das Kaminzimmer mit Lavetz verlassen hatte. Ich will versuchen, was Sabine mir anvertraute, wiederzugeben:

*Auf dem Boden der Vorhalle habe Lavetz' Bernhardinerhund gelegen, den schweren Schädel auf dem Teppich. Er blickte Ruth blinzelnd von unten her an. Es roch süßlich nach dem fettigen, ungepflegten Fell – ein Geruch von animalischer Aufdringlichkeit. Lavetz habe ihr anerboten, das Haus zu zeigen, und sie habe eingewilligt, um den Tanz zu beenden, um aus der schweißigen Nähe, dem alkoholischen Atem und ihrem eigenen Erstarrtsein wegzukommen. Als sie die Treppe zur Eingangshalle hinaufstiegen, die Stimmen und die Musik hinter sich ließen, sie plötzlich das kühle, leere Haus fühlte, sei das Erstarren zurückgekommen: Ruth habe fest damit gerechnet, dass Bernhard sie aufhielte, mitkäme, verhinderte, dass sie mit Lavetz allein in dessen Wohnung sein müsste.*

*Sie folgte Lavetz durch die Halle zu einer Tür, die er öffnete und dann den Lichtschalter drehte.*

*»Das Wohnzimmer«, sagte er, »mit dem Ausgang zum Sitzplatz.«*

*Lavetz habe sich von ihr ferngehalten. Er löschte das Licht und schloss die Tür, ging durch die Vorhalle, ohne Ruth dabei anzusehen.*

*»Die schönsten Zimmer sind natürlich oben, im ersten und*

zweiten Stock«, sagte er in geschäftsmäßiger Beiläufigkeit, »mit einem herrlichen Ausblick.«

Er sei jetzt ganz Chef gewesen, der einer Angestellten gerade noch so viel Aufmerksamkeit schenkt, wie es die Pflicht erfordert.

»Aber ich weiß nicht, ob es dich interessiert, auch noch die oberen Räume zu sehen – «, sagte Lavetz. »Wir können auch gerne zurückgehen.«

Dabei öffnete er die Tür zur Treppe ins Obergeschoss, trat zurück, um sie vorzulassen.

Ich fühlte mich in dem Moment sicher, habe Ruth gesagt. Ich glaubte wirklich, er wolle mir das Haus zeigen, und ich wäre es Lavetz als Chef schuldig, auch die oberen Räume zu sehen, wenn er sie mir zeigen wollte.

Sie betraten ein dunkles Zimmer, und Ruth sei zum Fenster gelaufen, habe hinaus auf den Park geblickt. Aus dem Kaminzimmer fiel ein Lichtstreif auf den Rasen. Die Umrisse dreier starker Äste reckten sich empor und verloren sich in einer schwarzen Laubmasse. Von der Böschung her, über der die Lichter vom anderen Ufer zitterten, breitete sich die Rasenfläche aus, stieg rechts zu einem Hügel mit einer Gruppe von Bäumen an. Dunkel, reglos.

Sie sei mit ihrem Blick hinaus in den Park geflüchtet, und dort sei Stille gewesen, Bäume und Rasen ein unbewegtes Sein, unberührbar. Sie habe an ihren Plan gedacht, die Aufnahmeprüfung an der Kunstgewerbeschule zu machen, an die heimlichen Zeichenübungen zu Hause, von denen nur Bernhard wusste. Sie würde diesen Ausblick zeichnen, und bei dem Ge-

*danken daran habe sie sich glücklich gefühlt. Nichts könne ihr geschehen, nichts! Sie selbst sei wie die weite Rasenfläche, die Böschung, die Kuppe mit den Bäumen, unberührbar.*

*Doch dann kam das Erstarren zurück. Sie war unfähig, sich zu wehren, auch nur einen Laut von sich zu geben. Sie spürte die rauen, groben Hände auf ihrer Haut, dann den Schmerz. Nichts mehr blieb im Fenster von Stille und unbewegtem Sein. Eine kalte, zynische Gleichgültigkeit blickte sie aus den funkelnden Lichtern über der Böschung an, und Ruth war vor der weiten, fahlen Rasenfläche und den unwandelbaren Schattenrissen der Bäume auf der Kuppe ein Nichts: eine kleine private Übelkeit, die niemanden kümmerte. Der weiten Rasenfläche, der Böschung, der Kuppe mit den Bäumen war es egal, dass sie vergewaltigt wurde. Sie würden morgen früh gleich unberührt und schön in den Fenstern stehen.*

*Ruth wandte sich ab. Lavetz stand im dunklen Zimmer und zog sich die Hosen hoch. Im Spiegel neben dem Bett war er nur eine schattenhaft bewegte Masse.*

*»Was ist mit Bernhard?«, fragte sie. »Was hast du mit ihm vor?«*

*Sie wusste, sie war doppelt missbraucht worden: Durch ihr Verletztwerden sollte auch Bernhard getroffen werden.*

*»Bernhard? Wieso? Was sollte ich mit ihm vorhaben?«*

*»Ich weiß nicht«, sagte Ruth leise.*

*»Du hast gehabt, was du wolltest.«*

*»Mir ist kalt«, sagte Ruth.*

*»Du kannst hier schlafen, wenn du willst.«*

*Ruth schüttelte den Kopf.*

*»Ich gehe – richte Bernhard aus, dass ich nach Hause gegangen bin. Oder richte es nicht aus. Es ist egal, es spielt keine Rolle mehr.«*

## 26

Ein paar Tage nach dem Abend bei Lavetz kam Ben gegen zehn Uhr ins Büro, balancierte eine Tasse Kaffee vor sich her und hatte eine frisch angezündete Havanna im Gesicht. Er blieb vor dem Pult stehen, ließ die Havanna aufglühen, zog einen blauen Rauchfaden in die Luft und stieß dann einen feinen Strahl senkrecht vor sich auf das Bündel mit der heutigen Post. Der Rauch stieg wie Nebel aus den Schichtungen seines Pultes.

– Okay, sagte er gedehnt.

Er blätterte nachlässig in der obersten Zeitschrift, wechselte das Standbein, sog an seiner Havanna, las die Einleitung zu einem Kapitel, schluckte Kaffee – und zog dann zwischen zwei Zeitschriften mit spitzen Fingern ein Blatt von einem normalen Schreibblock hervor. Er hob es auf halbe Höhe, sah lang und unbeweglich darauf. Die Zigarre glomm mit einem senkrechten Rauchfaden, der aus dem Gleichgewicht geriet und zu Schleifen und Kringeln wurde.

Ben ließ das Blatt fallen.

– The black spot, sagte er, der schwarze Fleck!

Gerda wandte den Kopf, sah ihn aus ihren großen,

feuchten Augen an. Es war ihr anzusehen, dass ihr psychisches Hühnerauge, nämlich nicht zu verstehen, was vorging, sie bereits drückte.

Ben war ein Mythomane, in einem sehr viel größeren Ausmaß, als man es mir nachsagte. Fast schon zwanghaft musste er alles und jegliches in eine Geschichte packen und ihr einen exotischen Zauber aufsetzen. Das machte er bei Tagungen nicht anders wie mit einem Blatt, das von einem normalen Schreibblock abgetrennt war.

– Ihr kennt ja Stevensons »Schatzinsel«, nicht?

Gerda kannte sie todsicher nicht, aber sie nickte, und so kam die Geschichte voran.

– Okay, und da ist also dieser alte versoffene Maat, »*an old tottering man with one leg*«, der den Plan zum Schatz in seiner riesigen Seemannskiste hat und glaubt, er könne sich im »Admiral Benbow« friedlich zu Tode saufen. Aber eines Tages erhält er den »schwarzen Fleck«, ein Stück Tuch oder Pergament oder was weiß ich mit einem schwarzen Fleck. Und der bedeutet, dass die Bande ihn entdeckt, ihn als ihr Oberhaupt abgesetzt und zum Tode verurteilt hat.

Er nahm einen Zug von der Havanna und blies den Nebel der Irischen See vors Fenster.

– Ich glaube, der Alte ist vor Schreck fast gestorben.

Er lachte.

Gerda versuchte zu verstehen, auf was Ben mit seiner Geschichte von diesem Stevenson hinauswollte. Ihre Verwirrung war genau das, was Ben beabsichtigte: Die Auflösung würde dadurch spannender, und er leitete sie ein, indem er das Blatt vom Tisch aufhob.

– Ich habe hier so etwas wie den »schwarzen Fleck« erhalten!, sagte er und blickte wieder reglos auf das Blatt.

– Das heißt, ich soll abgesetzt und entlassen werden. Doch in der Geschichte von der »Schatzinsel« gibt es noch einen zweiten »schwarzen Fleck«, und den erhält der Koch, John Silver, sagte er, der aber überlebte, indem er klüger und schlauer war als alle anderen, die ihm an den Kragen wollten. Er hatte den Plan, am Schluss sogar einen Teil des Schatzes.

Er spuckte eine Tabakkrume aus.

– Man sollte die Literatur kennen, um keine Fehler zu machen. Ich bin nicht der versoffene Maat, ich bin John Silver!

Ich neigte mich vor, um auf das Blatt zu sehen. In Lavetz' krakliger Handschrift standen zwei Wörter darauf:

»Berman–Foundation?«

## 27

Ich kann nicht sagen, weshalb mir bei dem Blick auf das Blatt, auf dem lediglich der Name eines Unternehmens stand, Isabelles Bemerkung einfiel, ich solle mich mit dem Nasenreiben und dem abwesenden, in die Ferne gerichteten Blick Lavetz' beschäftigen. Ich nahm es damals, als ich ihr das Institut zeigte, nicht weiter ernst. Doch angenommen, Lavetz suchte einen Vorwand, der schwerwiegend genug war, um Ben kündigen zu können, dann musste er lange gebrütet und dabei seine Nase gerieben haben, bis ihm die zwei Wörter einfielen.

Am Abend, bevor Isabelle nach Hause kam, nahm ich mein Notizbuch hervor und schrieb am Küchentisch, wie Lavetz die Lösung für eine Kündigung Bens gefunden hatte.

NASENREIBEN / Oktober 1976
*Lavetz sitzt im Büro, dreht sich in seinem Stuhl zum Fenster hin, sieht mit blicklosen Augen hinaus. Er fährt sich mit dem Zeigefinger über die Nase. Sein Instinkt ist von der Leine los, er lässt ihn laufen, treiben, wittern und hat ihn auf einen Tatbestand angesetzt, der Ben in Schwierigkeiten bringen soll: auf*

*etwas, das sich nutzen lässt, ihn loszuwerden. Ben ist ausgebrannt, und das Institut braucht neue Ideen, junge Leute, eine neue Ausrichtung seiner Tätigkeiten.*

*Lavetz' Instinkt treibt durch Bilder und Erinnerungen, nimmt Fährten auf – und sein Finger gleitet über den Nasenrücken, auf und ab, auf und ab ...*

*Vor acht Jahren hat Ben dagesessen, schmächtig, blass, den Kopf voll anarchischer Ideen, aber mit feuchten Händen. Ein sozialer Fall, abgehauen aus England, ohne Schulabschluss und Beruf. Schwach genug, um sich leiten zu lassen, und genug gedemütigt, um Ehrgeiz zu haben. Er erwies sich als brauchbar, besaß Fähigkeiten, die eine eigene, nicht sehr häufige Begabung voraussetzten, wie das Erspüren von Themen, die gesellschaftspolitisch wichtig wurden.*

*Lavetz' Instinkt jagt und hetzt weiter. Bens Kongress in den Bergen ist eine Glanzleistung gewesen, und auch die Drittwelt-Tagung im Frühjahr war hochkarätig besetzt mit Referenten aus Kenia, Tansania, aus Indien und Südamerika, doch finanziell war sie ein Misserfolg gewesen ...*

*Lavetz' Instinkt hält inne, duckt sich. Das Thema hat nicht wirklich im Auftrag des Instituts gelegen. Entwicklungsländer – dafür gibt es genügend andere Institutionen ... und die hätten wenigstens um Mitfinanzierung angefragt werden müssen ...*

*Und dann schlägt Lavetz' Instinkt an. Er erinnert sich: Da war eine Stiftung, die hatte eine Defizitgarantie über zehn- oder zwanzigtausend Franken zugesichert. Ihr Name war ......*

*Lavetz dreht sich mit einem Ruck zum Schreibtisch. Er zieht*

*einen Block aus der Schublade, legt ihn auf die blanke, dunkle Platte und schreibt in seiner krakligen Schrift:*
*»Berman–Foundation?«*
*Er reißt das Blatt vom Block, legt es mit der Unterseite nach oben neben sich hin und drückt die Taste der Gegensprechanlage.*
*»Wera! Kommst du?«*
*Als seine Sekretärin das Büro betritt, gibt er ihr das Blatt.*
*»Leg es bitte in Bens Fach.«*
*Dabei schnellen seine Augenbrauen zweimal hoch.*

Was ich mir aus Andeutungen zusammengereimt hatte, war nicht ganz falsch, wie sich herausstellte. In einem entscheidenden Punkt aber irrte ich mich: beim Motiv. Lavetz wollte Ben nicht loswerden, weil er verbraucht war, zu viel trank und unzuverlässig geworden war, auch nicht, weil es neue Leute brauchte, wie ich vermutete. Lavetz versuchte, mit Bens Kündigung »Altlasten« loszuwerden, Geschichten, mit denen er belastet werden konnte, und das musste vor der Wahl des neuen Konzernchefs geschehen. Um jedoch einen langjährigen Mitarbeiter zu kündigen, brauchte es eine Verfehlung, und Lavetz glaubte, sie mit dem Namen der Stiftung gefunden zu haben.

## 28

Gerda drängte zum wiederholten Mal, Ben müsse endlich an die Berman-Foundation schreiben. Bernhard kam alle Viertelstunden herein, mit Dackelblick und gesammelter Unterwürfigkeit im Gesicht, um Ben von seiner Weigerung abzubringen, etwas wegen der Berman-Stiftung zu unternehmen. Es war offensichtlich, dass er fürchtete, ohne Ben auch die eigene Stelle nicht halten zu können.

– Aber verdammt nochmal, Ben! Warum schreibst du nicht dieser Berman-Foundation und bringst die Sache vom Tisch?

Ich fragte ihn, nachdem Gerda mit feuchten Augen das Büro verlassen hatte, und ich werde nicht vergessen, wie Ben mich angesehen hat, schutzlos und ein wenig gelangweilt, dass auch ich seine Weigerung nicht verstand.

– Siehst du das denn nicht? LAV hat die Verhandlung geführt. Die Tagung aber war meine Tagung, und sie war ein Flop. Das Geld kann ich nicht abrufen, weil es für den dafür bestimmten Zweck nicht gebraucht wurde. LAV aber tut so, als hätte die Berman-Stiftung eine generelle Defizitgarantie gegeben, und der Verlust wäre kleiner gewesen, hätte ich nicht versäumt, das Geld einzufordern.

Eine schwerwiegende Unterlassung, ausreichend, eine Kündigung nicht willkürlich aussehen zu lassen. Doch es war immer nur von Reisebeiträgen für Teilnehmer aus der Dritten Welt die Rede gewesen, die von der Berman-Foundation bei einem Defizit bezahlt würden. Keine Teilnehmer waren gekommen, wozu also der Wirbel? Den Teufel werde ich tun und an die Berman-Leute schreiben. Das wäre so gut wie ein Schuldbekenntnis: Das Schreiben würde bestätigen, dass ich das Geld nicht eingefordert habe, das sowieso nicht ausbezahlt würde, weil es diese Defizitgarantie nie gegeben hat.

– Anderseits bleibt es beim Vorwurf, dass du die Sache nicht erledigst, sagte ich.

– Das meinte ich damit, dass die Falle perfekt gestellt ist. Was immer ich tue, Berman schreiben oder es unterlassen, ich habe gegen die Interessen des Instituts verstoßen: der zusätzliche Verlust von zwanzigtausend Franken. Unternehme ich nichts, hat Lavetz wenigstens nichts Schriftliches gegen mich in der Hand.

Nein, das hatte Lavetz nicht.

– Es gibt also keine Lösung, sagte ich. Der »schwarze Fleck« bleibt – und er wirkt unverändert.

Ben saß da, starrte auf die Tischplatte.

– Wirkt und verliert an Kraft, sagte er. Doch wichtiger ist: Indem ich ihn ignoriere, zwinge ich Lavetz zu einem nächsten Schritt.

# 29

Isabelle fand, ich würde mich nur noch um die Vorkommnisse am Institut kümmern.

– Du verlierst dich selbst, wirst zu dem, der du nie sein wolltest: einer, der bei Intrigen mitmacht und sich an Klatsch und Tratsch beteiligt.

Als ich ihr erzählte, Lavetz habe mich vor ein paar Tagen in sein Büro rufen lassen und mir vorgeschlagen, eine Folgetagung über Alternativen zur Atomenergie zu machen, fuhr sie ungehalten dazwischen:

– Du hast natürlich zugesagt!

– Er meinte, ich solle nach Kalifornien reisen. Es gäbe dort bereits erste Beispiele alternativer Energieerzeugung.

Sie reagierte heftig:

– Klar, du reist ab und lässt mich hier sitzen. Seit du an diesem Institut eine Stelle hast, sind dir allein die Tagungen noch wichtig, spielst du den großen Zampano, der seine Possen mit berühmten Leuten treibt. Um mich kümmerst du dich überhaupt nicht mehr. Fragst du mal, wie es mir geht, wenn ich um halb acht oder acht nach Hause komme?

Isabelle hatte eigentlich immer recht. Nicht, dass ich

das zugegeben hätte. Doch leugnen konnte ich es auch nicht. Ich hatte mich in den letzten Monaten wirklich nur mit der Arbeit und den Vorgängen am Institut beschäftigt.

Ich sei froh, vom Institutsalltag wegzukommen und Abstand zu gewinnen, sagte ich Isabelle beim Abendessen.

– Nanu, geht langsam der Lack vom Glanz und Glamour des Instituts ab?

Ich hätte genug von den Spannungen zwischen Lavetz und Ben, sagte ich, um Isabelle zu versöhnen. Ich würde zwei Wochen weg von all den Intrigen sein. Und nach Amerika reisen, interessierte mich schon.

– Vielleicht magst du mich ja begleiten? Du nimmst deine zwei Wochen Ferien, ich mache in der ersten Woche meine Termine und in der zweiten reisen wir, mieten ein Auto, fahren an der Küste entlang und schauen uns an, wozu wir Lust haben: vielleicht den Muir-Park mit seinen gigantischen Sequoien.

Isabelle sah mich mit diesem lächelnd spöttischen Blick an:

– Und dann denkst du, ist alles wieder gut und deine Isabelle zufrieden. Ach Thyl, du bist und bleibst ein Kindskopf.

Doch sie wollte es sich überlegen.

## 30

Ich hatte mit Isabelle vereinbart, bereits am Freitag zu fliegen. Ich wollte Serge in Boston besuchen und sie am Sonntag in Los Angeles treffen. In den Tagen vor der Abreise organisierte ich die Besuche, Gerda buchte die Flüge und die Hotels, und mir wurde klar, dass die erste Woche keine einfache Zeit sein würde. Ich bekäme es mit herausragenden Persönlichkeiten zu tun, und ob ich vor diesen mit meinen mittelmäßigen sprachlichen und fachlichen Kenntnissen bestehen konnte, schien mir mehr als fraglich. Ich war deshalb froh, erst einmal Serge zu sehen, bei ihm einen kurzen Zwischenhalt zu machen, bevor ich zu meinen Treffen nach Kalifornien weiterreiste.

Ich kam am Freitagabend in Boston an. Serge holte mich am Flughafen ab, stand am Ausgang in der Menge, großgewachsen, in Trenchcoat und Hut, den Schal locker geschlungen, ein gutaussehender Mann, dem in Haltung und Ausdruck anzusehen war, dass er seinen Platz gefunden und sein mittleres Lebensalter begonnen hatte: Er war mir einmal mehr einen Schritt voraus, und ich beneidete ihn um sein selbstsicheres Auftreten.

Wir fuhren zu seiner Wohnung, und ich blieb eine

Weile am Fenster stehen, betrachtete die von Lichtern gerasterten Hochhausfassaden, von Straßenschluchten durchschnitten, blickte auf ein nachtschwarzes Stück Wasser, unregelmäßig zwischen die Geometrie von Gebäuden und Straßen geschoben, in dem einzelne Lichter von Booten blinkten.

Er genieße die Wohnung. Die Aussicht zeige ihm jeden Morgen die größeren Dimensionen, in denen er sich jetzt bewege, und noch immer empfinde er dabei ein Gefühl der Befreiung. Die Wohnlage sei unbezahlbar, er würde sie sich nie leisten können. Das Apartment gehöre der Universität für Gäste, und eigentlich beanspruche er es schon zu lange. Er bemühe sich um eine feste Anstellung und müsse dann auch eine neue Bleibe finden.

– Also nicht nur zwei Jahre? Du willst definitiv in Boston bleiben?

– Ich finde hier alles, was ich drüben vermisst habe, großzügige Mittel, ein Team kluger Köpfe aus verschiedenen Fachgebieten, und vor allem Leidenschaft für das, was jeder tut.

Wir fuhren in ein Lokal nahe beim Hafen, Austern essen.

– Du magst die Viecher doch? Sie sind etwas größer als in der Bretagne, schmecken ausgezeichnet.

Als wir Austern schlürften und dazwischen einen Schluck Weißwein tranken, der bei Serge noch immer kräftig war, fragte er, ob ich noch Kontakt zu Fania habe, ob ich sie sähe und wie es ihr gehe. Er habe nichts mehr von ihr gehört.

Was sollte ich darauf antworten? Nicht die Wahrheit.

Fania stand an einem Nachmittag im Foyer des Instituts. Sie habe freigenommen und sei hier herauf in den Park gefahren. Bei einem Kaffee im Pavillon habe sie gedacht, sie könne vorbeisehen, ob ich da sei. Es wäre schön, sich nach der langen Zeit wiederzusehen.

Fania trug einen knielangen gegürteten Mantel, dessen dunkles Blau gegen den hellen Rollkragenpullover kontrastierte und durch den aufgestellten Kragen ihr Gesicht diskret hervorhob. Den letzten Schliff gaben die schwarzledernen Stiefel mit halbhohem Absatz, der ihrem Gang Eleganz gab: Fania wusste sich schon immer zu kleiden, und sie achtete auch darauf, was Leute trugen, mit denen sie es zu tun bekam.

Ich zeigte ihr das Institut, führte sie – wie es Ben mit mir gemacht hatte – vom Tagungssaal über das Mittelgeschoss hinab in die Büros, stellte sie den Mitarbeitern vor und lud sie zu einem Drink an die Bar ein. Lavetz gesellte sich dazu, sichtlich beeindruckt von Fanias Erscheinung, gab sich witzig und charmant, nahm sie ganz in Beschlag, und als Fania gegangen war, ließ er mich in sein Büro rufen, um sich zu erkundigen, wer die Frau gewesen sei und wie ich zu ihr stehe.

Letzteres wusste ich auch nicht genau. Fania war eine intelligente Frau, selbstbewusst in ihrer Ausstrahlung.

Sie war die geschiedene Partnerin meines besten Freundes, und ich hatte einmal mit ihr geschlafen. Seit Serges Abreise hatte ich keinen Kontakt mit ihr gehabt, doch während des Besuchs im Institut hatte sie mich auf einen Abend zu sich nach Hause eingeladen.

Dass die Einladung nur mir und nicht auch Isabelle galt, war klar. Ich sagte zu, mit etwas schlechtem Gewissen. Fania hatte gekocht, und es war eigenartig, nun zu zweit an dem Tisch zu sitzen, an dem wir so oft zu viert gegessen hatten. Eine Intimität stellte sich ein, mit der ich hätte rechnen müssen. So bemühte ich mich um eine lockere und unverbindliche Konversation, doch nach Marillenkompott mit Sahne – eine für Fania typische Nachspeise – stand sie vom Tisch auf und sagte:

– Kommst du?

Was wahrscheinlich jedermann schon bei der Einladung klar gewesen wäre, begriff ich erst jetzt, da sie mich ins Schlafzimmer führte: Es sollte eine Fortsetzung dessen geben, was in Finnland auf dem Schiffssteg geschehen war. Wir saßen eine ganze Weile auf der Bettkante, und ich versuchte zu erklären, warum es für mich unmöglich war, mit ihr zu schlafen – und das nicht nur, weil ich keine Lust hatte, mich ins einstige Ehebett meines Freundes zu legen. Damals in den Ferien war es ohne Absicht geschehen, aus einem unbedachten Moment heraus. Jetzt aber würde ein Verhältnis daraus, auch wenn Fania erklärte, wir könnten uns ohne gegenseitige Ansprüche in lockeren Abständen treffen … ich wollte dennoch nicht, und meinen wirklichen Grund verschwieg ich. Fania liebte noch immer Serge, und es blieb eine Spur Rache in dem, was sie vorschlug. Der Gedanke ließ mich erkalten, und mir blieb einzig, mich zu verabschieden, im Bewusstsein, dass ich sie gekränkt hatte und unsere Freundschaft damit zu Ende war.

– Ich habe nicht wirklich Kontakt zu Fania, sagte ich zu Serge in der Austernbar bei einer weiteren Flasche Weißwein.

– Ich habe sie zwei Mal getroffen, und soweit ich weiß, lebt sie noch immer allein.

Ich sah in Serges Gesicht. Es war genau das gewesen, was er hatte hören wollen. Auch er liebte Fania noch.

– Blöd, sagte ich, eine Frau zu verlassen, die man liebt.

– Blöd, einen Freund zu haben, der nicht die Klappe hält, sagte Serge.

Und wir lachten, wie wir als Jungen gelacht hatten, wenn uns ein Streich gelungen war. Doch der Mann, der mir gegenübersaß, hatte wässrige Augen.

## 31

Am nächsten Tag flanierten wir durch die Newbury Street, eine Geschäfts- und Einkaufsstraße, die wie ein Stück viktorianisches England durch ein Vergrößerungsglas betrachtet aussah: Redbrick-Häuser mit Vorgärten, Treppen hoch zum Eingang neben dem Rundvorbau des herkömmlichen Living-Room, alles eine Spur zu groß. Wir setzten uns in ein Café, das zu einer Buchhandlung gehörte, dessen Sessel und Sofas umgeben von Bücherregalen waren.

– Eine wunderbare Idee. Man kann sich ein Buch nehmen, darin schmökern und dazu einen Kaffee trinken. Ich denke, gäbe es so einen Buchladen bei uns, ich wäre jeden Tag dort.

Das sei nur ein kleines Beispiel, zeige aber gut, was ihn hier in Amerika beeindrucke. Es sei ja eigentlich naheliegend, Lesen und Kaffeetrinken zu verbinden. Doch man müsse erst einmal auf den Einfall kommen, nicht das Eine oder das Andere zu tun, sondern beides zu verknüpfen. Nichts anderes machten sie in ihren Studien. Man versuche, neue vernetzte und zyklische Modelle zu erarbeiten, verbinde die Ergebnisse von Forschungen aus verschiedenen Fachgebieten und deshalb sei er auch als Historiker in einem Team, das sich mit neuen Technologien und deren Auswirkungen befasse.

– Und was mich besonders interessiert, man spricht hier von einem Paradigmenwechsel, von einem Wertewandel, wie es ihn geschichtlich auch am Anfang der Neuzeit gegeben hat.

Was Serge mir zu erklären versuchte, erfuhr ich während des Aufenthalts in Kalifornien. Ich war um die Mittagszeit des nächsten Tages geflogen, Serge hatte mich zum Flughafen gebracht, und wir umarmten uns im Gefühl der alten, unverbrüchlichen Freundschaft.

WERTEWANDEL
*Neue gesellschaftliche und wirtschaftliche Konzepte*
*(Notizen zu den Kontakten in Kalifornien, Nov. 1976)*

*1. New Politics*
*Hazel Henderson, Ökonomin, Mitglied verschiedener Stiftungen, member of the board des World Watch Institute Washington D. C. Ich traf sie in der Lobby des Hilton in Los Angeles.*

*Es gelte, zuerst zu skizzieren, was wir bei unveränderter Entwicklung zu erwarten hätten:*

*1975 seien wir vier Milliarden Einwohner weltweit. Bei gleichbleibendem exponentiellem Wachstum müssten um das Jahr 2000 etwa sieben Milliarden, bis 2030 zehn Milliarden Menschen auf der Erde leben. Die Folge davon wäre:*

– *Steigender Ressourcenverbrauch und Zunahme von Abfällen.*
– *Abnahme bewirtschaftbarer Bodenflächen durch Zersiedlung und Verkehr (ein Beispiel, das mich verblüffte: Jedes Auto braucht ca. 8 qm Parkfläche mal 2, für zu Hause und am Arbeitsplatz, ergibt 16 qm x »billions of cars«).*
– *Erhöhter Einsatz von Dünger und Pestiziden.*
– *Zunehmender Verbrauch von Erdöl mit ökonomischen Folgen durch die damit verbundene Preissteigerung.*
– *Zunahme von $CO_2$ und Ozon in der Atmosphäre.*
– *Erosion der Böden (Minnesota) durch intensive landwirtschaftliche Bewirtschaftung.*
– *Abnahme der Waldfläche und der Artenvielfalt, besonders in der 3. Welt.*
– *Wasserverlust und Desertifikation ...*

Die Aufzählung, die noch erweitert werden könne, zeige, wie die einzelnen Punkte sich gegenseitig bedingen. Lösungen müssten in einer ganzheitlicheren Handlungsweise liegen, sowohl gesellschaftlich wie wirtschaftlich, vor allem aber auch in einem veränderten Denken und Wahrnehmen.

Hazel Henderson vermittelte mir ein Treffen mit

*Fritjof Capra, PhD, Atomphysiker, Lawrence Labatories, Berkeley, Autor von »The Tao of Physics« (das ich nicht kenne).*
*Erklärt anhand der Quantentheorie, weshalb unser herkömmliches Weltbild auf Grund wissenschaftlicher Erkenntnisse nicht mehr ausreichend sei. Die liebgewordenen absoluten und statischen Begriffe (Objekt, Tatsache, Wahrheit etc.) seien*

*nicht mehr haltbar, da sie den Beobachter oder den Kontext (??) unberücksichtigt ließen. Der ihm wichtige Aspekt aber sei, dass wir von einer Ganzheit auszugehen hätten, wie sie im Taoismus ähnlich formuliert worden sei, deren Erscheinungsformen dynamisch und von unserem Wissen und Messen nicht unabhängig gesehen werden könnten. (Nicht alles verstanden, werde aber das Buch lesen. Faszinierende Begegnung.)*

*Sheila Daar, Berkeley*
*Wie ein Anschauungsunterricht zu den beiden Gesprächen war die Besichtigung des Integral Urban House des Farallones Institute.*

*Sheila Daar, Landscape Designer, erklärte das Grundkonzept: Ein durchschnittliches amerikanisches Haus mit üblicher Gartenfläche, in einem sozial absteigenden Mittelklassequartier soll attraktiv wiederhergestellt werden und bei einem täglichen Arbeitsaufwand von vierzig Minuten und tiefen Kosten möglichst selbstversorgend werden.*

*Architektonische Maßnahmen: Passive Sonnennutzung, Baustoffe, Isolation.*

*Biologische Maßnahmen: Nahrungsmittelproduktion durch Aquakultur + Gartennutzung, Pest-Management.*

*Energetische Maßnahmen: Warmwasseraufbereitung und Heizung durch Sonnenenergie.*

*Wiederverwertende Maßnahmen: Kompostierung, Herstellung von Biogas (Heizung), Wasseraufbereitung.*

*Der Selbstversorgungsgrad, inkl. Ernährung liegt bei ca. 70 – 80 Prozent.*

*Ein Projekt wie das »Integral Urban House« muss in die stadtplanerische Entwicklung eingebunden werden, womit sich die »Ocean View Building Design Community« beschäftigt. Sie arbeiten an der Verbesserung von Quartierstrukturen: Verkehrsführung und -beruhigung, Zentrumsbildung, kleinteilige Versorgung mit Alltagsgütern, Nachbarschaftshilfen ...*

Ich besuchte das Center for Environmental Structures, das John Muir Institute, die New School of Democratic Management. Ich würde am Ende unseres Aufenthalts auf Vermittlung von Hazel Henderson nach Washington fliegen und den Präsidenten des World Watch Institute, Lester Brown, sowie den Direktor des US Congress, Office of Technology Assessment, Dr. Jack Gibbons, treffen. So käme ich zum Schluss meiner, in antiquiertem Sinne, »Bildungsreise« beim Arbeitsgebiet von Serge an, der Prüfung gesellschaftlicher Auswirkungen neuer Technologien. Ich verstand nun besser, was er unter den Begriffen »Wertewandel« und »neue Epoche« gemeint hatte: All diese Institutionen arbeiteten daran, die verschiedenen Forschungen als Aspekte eines Ganzen zu sehen, die untereinander in Wechselwirkung standen und deshalb auch anders betrachtet und gehandhabt werden mussten. Ich würde Themen für eine ganze Reihe von Tagungen mit nach Hause bringen, dazu Kontakte, die mir äußerst nützlich wären. Doch zu der Reise in neue, zukünftige Gesellschaftsformen kam eine in die Vergangenheit, die nicht weniger wichtig und anregend war.

## 32

*Um vierzehn Uhr in Berkeley abgefahren. Zwischenstation: Maryville, Sacramento-Valley. Mittlere Stadt mit Park und Teichanlage. Flaches Land. Meilenweit Obstplantagen, dazwischen Grasland, gelb von Dürre, von alten Eichen bestanden. Am Horizont Bergketten.*

*Oroville. Alte Goldgräberstadt, zwischen zwei Straßen in einer Senke gelegen. Dahinter steigen die Hügel an, rote, vulkanische Erde.*

*Das alte Schlachthaus steht nicht mehr – oder wir haben es nicht gefunden.*

*Die Straße führt uns ins Tal des Feather-Rivers, windet sich an einer Flanke entlang hoch, öffnet den Blick plötzlich auf einen gigantischen Staudamm. Der See mit grasigen, lieblichen Ufern, schimmernde Wasserfläche in weiten Schlaufen zwischen Hügeln. In der Ferne die Berge in einer sanften Linie, fern und blau. Bewaldet.*

*Vom Damm schaut man in die Ebene, auf eine weite Fläche, die sich im Dunst verliert.*

Isabelle und ich hatten in San Francisco bei Sheila Daar wohnen können. Sie hatte mir nach der Besichtigung des

Integral Urban House angeboten, die Ferientage bei ihr im Haus zu verbringen, sie habe ein Gästezimmer. Während eines Spaziergangs in Berkeley machte Isabelle eine Entdeckung, die uns augenblicklich faszinierte. In einer Buchhandlung stieß sie auf eine Geschichte, die Sheila selbstverständlich kannte, für uns jedoch phantastisch und neu war:

Im August 1911 fand man »Ishi«, den letzten Steinzeitmenschen Amerikas, nackt und ausgehungert beim Schlachthaus von Oroville. Er war der einzige Überlebende seines Volks, das in einer Höhle zusammengetrieben und von weißen Siedlern erschossen worden war. Nach dem Tod seiner Schwester und seiner Großmutter lebte Ishi Jahre allein im unzugänglichen Gebiet des Mill Creek und Deer Creek, Canyons, von Wasserläufen tief ins vulkanische Gestein geschnitten. Seine Schritte deckte er mit Blättern zu, wählte immer neue Wege zum Wasser, damit keine verräterischen Pfade entstanden, suchte einen Rastplatz, der von nirgends her einsehbar war, ihm aber Sicht über das Tal und die Hügel gewährte. Es gelang ihm, unbemerkt zu bleiben, doch sein Gebiet wurde durch Besiedlung kleiner, die Nahrungsquellen spärlicher, und es kam der Tag, da er hungernd und entkräftet sein Refugium verließ, hinunter nach Oroville ging und an einem Morgen zusammengekauert vor dem Schlachthaus gefunden wurde.

Isabelle kaufte alle Abhandlungen und Bücher über Ishi, wir lasen bis tief in die Nacht und entschlossen uns, die Ferien für die Erforschung dieser Geschichte zu verwenden. Wir besuchten das anthropologische Museum, wo es noch ein paar Gegenstände von Ishi gab, entschlossen uns, dahin zu fahren, wo Ishi gelebt und später gefunden worden war. Von Oroville her versuchten wir erfolglos, in den Canyon des Mill Creek vorzudringen, fuhren hoch zum Mount Lassen, um von oben einen Einstieg hinab ins Tal zu finden. Doch auch das gelang nicht: Diese letzte Herkunft Ishis blieb uns verschlossen, ein weißer Fleck nicht zu betretenden Lands.

Die Anthropologen stellten sich die Frage, die wir uns in den aufstrebenden fünfziger Jahren in unserer Technikbegeisterung auch gestellt hatten: Was ein Steinzeitmensch wohl sagen würde, beträte er unsere moderne Welt und sähe all das, was wir heute erreicht haben. Ishi gab die Antworten. Man chauffierte ihn nach San Francisco, um ihm die Hochhäuser zu zeigen, erwartete sein Staunen und fand ihn von all dem, worauf eine moderne industrialisierte Zeit stolz ist, unbeeindruckt: »Canyons sind höher«, sagte er. Was ihn jedoch wirklich faszinierte, auch ängstigte, war die Masse an Menschen auf Plätzen und Straßen. Im Theater kümmerte ihn nicht, was auf der Bühne geschah, er betrachtete das Publikum, diese unvorstellbar große Zahl an Leuten, die alle aufgereiht, in einer festen Ordnung dasaßen. Die Anthropologen waren andererseits tief beeindruckt, als er sie in die Tiefe des Canyons, zu seinem letzten Rastplatz führte. Sie bekamen Einblick in Ishis hochdifferenzierte Kenntnisse seines Lebensraums. Kein Kraut, das er nicht kannte und um seine Wirkung wusste, kein Tier, dessen Eigenheiten im Verhalten ihm nicht vertraut gewesen wäre, kein Stein, der ihm unbemerkt geblieben wäre als ein Ort, der keine Spur hinterließ. Er zeigte ihnen die Technik, wie man Silexstein bearbeitet, daraus in kürzester Zeit eine vollkommene Pfeilspitze formt, wie man Bogen und Sehne herstellt, letztere spannt, und den Pfeil so hält, dass man sein Ziel trifft.

Isabelle und ich reisten dieser Geschichte nach, durch ihre Landschaften, auch wenn wir letztlich den geheimen Ort nicht fanden.

Während einer Fahrt sagte Isabelle:

– Es klingt vielleicht seltsam, aber ich kenne Ishi. Ich finde ihn in jedem meiner Patienten. Er ist es, den ich behandle, der tief innen in den Muskeln und den Nerven sitzt, und wie dieser letzte Steinzeitmensch den Lärm, das Getriebe, die vielen Menschen und deren Ansprüche nicht verträgt. Ihn massiere, knete, lockere ich, und jetzt glaube ich, ihn zum ersten Mal gesehen zu haben, wenn auch nur auf Fotos, seine Geschichte zu kennen …

– Und in dieser Geschichte gibt es einen Moment, sagte ich, der so unfassbar und unglaublich ist, dass ich nie aufhören werde, ihn mir vorzustellen: Der Moment, in dem Ishi den ersten Schritt tut und sein Versteck verlässt, um hinab zu jenen Menschen zu gehen, vor denen er sich jahrelang verborgen hat, und die seinen ganzen Stamm ausgerottet haben …

Als wir nach unserer Exkursion zurück nach Berkeley kamen, Sheila von unseren erfolglosen Versuchen, den Mill Creek zu finden, erzählten, die Leute hätten uns nur immer gewarnt, es gäbe dort lediglich »poison ivy« und »rattlesnakes«, sagte sie, das alles erstaune sie nicht. Ishi sei nur noch eine Geschichte.

– Ihr werdet gelesen haben, was seine letzten Worte waren, als er starb: »Ich gehe, ihr bleibt.« Ishi war übrigens nicht sein wirklicher Name, den hat er nie preisgegeben. Ishi hieß in seiner Sprache nur einfach Mensch.

– I go, you stay.

## 33

Es regnete die reine Schraffur aus einem stickoxydbraunen Himmel, als ich am Montag nach meiner Reise im Institut ankam. Die Äste in der Glasfront des Foyers waren schwarz, wie im Erschöpfungskrampf erstarrte Insektenbeine, und die Tropfen liefen in ameisenhafter Hektik die Scheiben hinunter. Es war dunkel und kalt, und noch immer brannten die Lichter.

Ich hatte mich verspätet. Es war kurz vor zehn, als ich die Tür zum Büro öffnete und konsterniert stehen blieb.

Die ganze massive Tektonik aus Zeitungen und Zeitschriften, die sich von der Tür durch das Zimmer zu Bens Pult hingezogen hatte, die Schlucht mit ihrem staubig roten Grund, war verschwunden. Die Verwerfungen, Grabenbrüche, Überschichtungen, die Niederung der Pendenzen, die Riffe ungewaschener Kaffeetassen, die erloschenen Krater überquellender Aschenbecher, die Klippen, über die hin Ben allmorgendlich den Rauch seiner Havanna blies – fort! Der Raum war leer, gereinigt, und Bens Pultfläche ein geschrupptes, graues Stück Kunstbelag. Gerda saß an der Schreibmaschine, einen Stapel Korrespondenz neben sich.

– Was ist denn hier geschehen?, fragte ich.

Gerda sah mich scheu, mit leicht geröteten Wangen an.

– Ben ist beurlaubt, sagte sie. Drei Monate. Lavetz und ich haben am Wochenende das Büro geräumt und bis auf die unerledigte Post und die Tagungsunterlagen alles weggeworfen.

Noch unter der Tür, war ich bereits wieder Teil des Konflikts zwischen Ben und Lavetz, und keiner würde hier etwas von Ishi hören wollen, der gegangen war, während wir bleiben mussten – offenbar zur eigenen Strafe.

– Und du bist selbstverständlich über das Wochenende bei Lavetz geblieben.

Ich deutete auf die Vase mit der kleinen roten Rose neben ihrer Schreibmaschine.

– Stell sie zu Hause auf, wenn du nicht willst, dass man mehr weiß, als man wissen sollte.

Ich nahm den Weg über Lavetz' Vorzimmer. Wera wühlte in einem Stoß Papiere, der unzweifelhaft aus einer tieferen Schicht von Bens Tektonik stammte.

– Es scheint, es hat sich während meiner Abwesenheit einiges ereignet, sagte ich. War Ben heute noch da?

– M-hm. Sie nickte. Es wurde nebenan ziemlich laut. Dann sind beide verschwunden.

Sie wühlte weiter in den Papieren.

– Alles alter Mist. Im Grunde nichts von Belang. Außer zwei, drei Briefen …

Sie zuckte die Schultern.

– Wenn du mich fragst, da stimmt was in der Wilfors nicht. Es ist ja nicht neu, dass Ben eine Sauordnung, ein bisschen zu wenig gearbeitet und zu viel Grappa getrunken hat. Da ist er auch kein Einzelfall! LAV giftet auch gegen Bernhard, meckert über die Streiflichter – Martin und die Schulung hat er eh auf dem Kieker – und erzählt hier stundenlang, dass wir dringend neue Leute bräuchten.

Sie verzog den Mund, rollte die Augen.

– Ich glaube nicht, dass er es sich leisten kann, Ben endgültig loszuwerden. Wer soll denn die internationalen Kongresse organisieren? Er vielleicht? Sie nickte zu Lavetz' Bürotür hin. Die Themen und Ideen stammten doch alle von Ben.

Am Abend, als Gerda und ich das Institut verließen, stand Lavetz bei der Einfahrt zum Steinhaus neben der offenen Tür zum Schuppen. Ob wir auf ein Glas in die Farnegg kämen? Gerda sah mich kurz und von der Seite her an. Ich nickte.

Der Regen hatte aufgehört, doch die Luft war feucht und kalt. Über dem ehemaligen Hochmoor lag Nebel, man hörte die Autobahn, und die Straße zwischen den Einfamilienhäusern wirkte im Schein der Straßenleuchten öd und verloren.

Wir setzten uns in den vorderen, alten Teil der Gaststube. Am Stammtisch beim Buffet saßen die Dörfler und Bauern, die ihr Land teuer verkauft hatten, sogen an ihren

Stumpen, tranken Roten und wussten nicht so recht, was sie mit sich und dem vielen Geld anfangen sollten. Zwischen den Tischen lief die Christl auf und ab, eine blonde Österreicherin, lächelte freundlich, fuhr mit einem Lappen über den Tisch, ein kleines, routinemäßiges Ritual vor der Frage: »Was wünschen Sie?«

Ich erzählte von meiner Reise, wen ich getroffen und was ich vereinbart hatte. Doch Lavetz interessierte es nicht.

– Ben ist beurlaubt, sagte er unvermittelt, du leitest von jetzt an die Abteilung, Gerda wird deine Sekretärin und darauf wollen wir trinken.

Christl brachte den Wein, und LAV führte das Glas langsam an die Lippen, eine Spur zu langsam, um eine Spur zu schnell zu trinken.

Nicht in ein neues Projekt, diesmal wurde ich in eine neue Position verschoben. Vielleicht war ich tatsächlich von Anfang an als Bens möglicher Nachfolger vorgesehen gewesen, und die bisherige Zeit diente der Vorbereitung und Prüfung?

Ich fuhr Gerda nach Hause.

– Kommst du noch rauf?

Sie wohnte im ehemaligen Arbeiterquartier, in einem der alten, billig gebauten Häuser, drei kleine, enge Zimmer im zweiten Stock. Die Einrichtung war karg, die Möbel aus kleinbürgerlichen Verhältnissen übernommen, weniges zugekauft. Gerda kochte Kaffee, brachte Tassen und eine Flasche Grappa, strich sich mit der flachen Hand das braune Haar zurück. Dann ließ sie mich allein, kam nach ein paar Minuten in einem schwarzen Kimono zurück, das Haar straff nach hinten gekämmt. Sie blieb einen Augenblick stehen, setzte sich neben mich, und ich roch ihr nicht allzu teures Parfüm. Im Ausschnitt sah ich den weißen, zarten Ansatz ihrer Brust, und ich stellte mir vor, wie wir morgen, nach einer gemeinsamen Nacht, im geräumten Büro sitzen und Chef und Sekretärin spielten.

– Ich gehe jetzt nach Hause!, sagte ich. So haben wir diesen Teil unserer künftigen Zusammenarbeit bereits hinter uns.

Sie nickte erleichtert.

– Warum aber hattest du das Wochenende mit Lavetz vor dir? Was ist geschehen, während ich weg war, dass du zu Lavetz gelaufen bist und dich offenbar über Ben beschwert hast?

Sie habe sich nicht beschwert. Sie habe lediglich während der Kaffeepause einem Streit zwischen Ben und Bernhard zugehört, von dem sie später Lavetz erzählt habe. Sie habe nicht gewusst, um was es gegangen sei. Lavetz habe auf ihre Frage lediglich gesagt: »Es ist Zeit aufzuräumen«.

Und Gerda ging am Wochenende ins Büro und blieb die Nacht im Steinhaus.

## 34

Wie Gerda mir erzählte, hatten Ben und Bernhard in einer Kaffeepause letzte Woche am Tresen gestanden, als sie dazutrat. Sie hörte, wie Ben sagte:
– Du meinst also, ich sehe Gespenster?
Bernhard habe mit den Schultern gezuckt und geantwortet, er habe vorhin mit Martin gesprochen.
– Er ist der gleichen Ansicht wie ich: Du müsstest nur endlich deine Aufgaben erfüllen, die Fromm-Tagung voranbringen und deinen Widerstand in der Berman-Sache aufgeben.
– Martin? Ben habe verächtlich gelacht. Martin braucht keine Zeitungen zu lesen. Im Gegensatz zu dir.
Ben sah in Bernhards rundliches Gesicht mit dem um Nachsicht bittenden Lächeln.
– Stand etwas in der Presse über das Institut?
– Lies die Tribune de Lausanne!
– Le Monde genügt mir. Bernhard sog die Luft kurz und geräuschvoll ein. Die übrigen Blätter schreiben doch nur bei Le Monde ab.
Er stieß sein falsettiertes Kichern aus. Doch Ben überging Bernhards witzig gemeinte Rechtfertigung:

– Dann hättest du in der gestrigen Ausgabe das Interview mit Ferballaix gesehen.

– Ferballaix?

– Würdest du deinen Job machen, statt mir Vorwürfe, wäre dir nicht entgangen, dass voraussichtlich Etienne Ferballaix zum neuen Präsidenten des Genossenschaftsrats der Wilfors gewählt wird.

– Na und? Ob der eine oder der andere kann uns doch egal sein.

Daraufhin soll Ben wütend geworden sein. Er habe Bernhard beschimpft, nicht verstehen zu wollen, worum es Lavetz geht. Wie schon bei Ruth. Jeder andere hätte sich für seine Freundin eingesetzt und hätte aus Solidarität ebenfalls gekündigt – und damit das getan, was Lavetz wollte: ihn, Bernhard, loswerden. Dann habe er doch das Richtige getan, habe Bernhard gesagt. Er sei noch da! Worauf Ben aufgelacht, »noch!« gesagt habe und davongelaufen sei.

In dem Interview, das ich mir beschaffte, stand eine Aussage, die mich hellhörig machte. Ferballaix sagte auf die Frage, was er nach seiner Wahl als Erstes tue: »Ich werde mich an diejenigen erinnern, die mir geholfen haben, und diejenigen nicht vergessen, die mich bekämpften.«

Es war am Institut ein offenes Geheimnis, dass Lavetz den jetzigen Präsidenten des Genossenschaftsrats, André Kohler, fest im Griff hatte. Als Privatsekretär des Gründers wusste Lavetz von Unregelmäßigkeiten, die genügten, um ungefährdet tun und lassen zu können, was ihm beliebte. Er wusste, was er mit dem Rücktritt Kohlers verlor. Deswegen durfte bei der nächsten Präsidentschaftswahl nicht der falsche Mann an die Spitze kommen.

Etienne Ferballaix war der falsche Mann. Lavetz als »Königsmacher« hatte auf Roland Rust gesetzt, mit dem er an Richtlinien für die Konzernstrategie arbeitete, und hatte alles ihm Mögliche getan, dessen Konkurrenten zu verhindern. Er bekämpfte Ferballaix, der aus der Westschweiz stammte, nicht zum alten Klüngel der »Wilfors-Familie« gehörte und außerdem als profitorientierter Manager der neuen Schule galt. Es ging ihm der Ruf voraus, seine Ziele rücksichtslos zu verfolgen, und davon gab es – wie gemunkelt wurde – neben dem eigenen Machtstreben nur zwei: Steigerung des Umsatzes und eine straffe, autoritäre Führung. Dazu kam, er war sauber, nichts Nachteiliges war über ihn bekannt, womit man ihn hätte zügeln können. Dieser Mann würde in einem halben Jahr die Macht übernehmen: eine knappe Zeit, die Lavetz blieb, die Mitwisser seiner unrühmlichen Geschichten loszuwerden.

## 35

Mitte Januar saß Ben Seymour überraschend um acht Uhr an seinem Pult.

– Sechs Wochen sind genug, sagte er. Vier Wochen Ferien von diesem, zwei Wochen vom letzten Jahr. Ich lasse mich kein Vierteljahr beurlauben.

Bens Rückkehr wurde gelassen hingenommen. Einzig Gerda war verunsichert. Sie hatte nicht mehr mit ihm gerechnet. Dass ich jetzt die Abteilung leitete, störte Ben nicht. Ich solle ruhig auch seine Projekte mit den Mitarbeitern vorantreiben (Mach endlich den Kongress zum Thema »Konsumismus«), er würde uns gerne beraten (hol Ralph Nader, den Konsumentenpapst), und Ben machte unmissverständlich klar, dass er der Spiritus Rector des Instituts war und blieb, der große Inszenator.

Er las seine Zeitschriften, qualmte, telefonierte herum und machte sich Notizen in ein kleines, kariertes Notizheft, das er in seiner Hosentasche trug. Mit blitzenden Augen und einem Lachen ließ er durchblicken, er hätte darin Ideen und Konzepte notiert: »Material zu kritischen Tagungen, zu Themen, die eine weltweite Beachtung erzwingen.« Er hielt dabei das Heftchen an einer Ecke, ließ es auf und ab wippen oder klopfte sich damit auf den Daumennagel der linken Hand.

Doch Ben saß im Keller wie ein Exilierter. Lavetz beachtete ihn nicht. Wenn sie sich zufällig an der Kaffeebar begegneten, Ben über eine seiner Ideen sprach und sich wie ein Putzerfisch an der Glasscheibe an Lavetz festsaugte, sah dieser mit leerem Blick an ihm vorbei, wandte sich unvermittelt ab wie von einem Gegenstand, den man lange gebraucht hatte, jetzt aber nicht mehr benötigte. Keine seiner großartigen Ideen aus dem kleinen Notizheft würde jemals realisiert werden.

Nach ungefähr drei Wochen, gegen Mittag, bekam ich den Anruf eines Referenten. Er bedaure, sagte er, dass Herr Seymour das Institut verlasse, doch selbstverständlich stünde er auch künftig als Redner zur Verfügung.

Ich ging zu Wera ins Büro. Ich wollte wissen, was der Anruf zu bedeuten hatte.

– Ben hat doch nicht alle Tassen im Schrank, sagte Wera, sitzt unten in seinem Büro, schreibt Briefe und ruft all die Referenten an, mit denen er in den letzten Jahren zusammengearbeitet hat, teilt ihnen mit, seine Stelle sei gefährdet, kritische Stimmen wie die des Referenten seien künftig unerwünscht. Er rate dringend ab, mit dem Institut weiter zusammenzuarbeiten. Wenn Ben geglaubt hat, seine »Freunde« würden seinen Rat befolgen oder sich für ihn einsetzen, lag er falsch. Was glaubst du, haben sie getan? Bei LAV angerufen und ihm versichert, sie würden selbstverständlich gern auch weiterhin … . Sich angedient haben sie. Es sind doch alles eitle Fatzke, und Ben in seinem verletzten Stolz hat tatsächlich geglaubt, sie würden ihm zuliebe auf ihre Selbstdarstellung vor Publikum und Presse verzichten.

Ben hatte sich oft der Freundschaften mit Referenten gerühmt, die er immer wieder ans Institut holte und mit denen er in einer engen und herzlichen Beziehung stand. Er musste geglaubt haben, auf sie sei Verlass, sie würden ihm zur Seite stehen, ihn im Kampf gegen das Institut unterstützen. Doch sie waren keine Kumpels, wie die »miners« in der Erzählung seines Vaters, auf die er sich einzig verlassen sollte. Sie waren Berühmtheiten, und die ließen Ben fallen, und zwar augenblicklich.

– Und? Wird Ben gekündigt?

– Er ist es, fristlos, wegen »Agitation gegen das Institut, das beauftragt ist, das Erbe des Gründers zu bewahren«. LAV hätte keinen besseren Vorwand finden können.

# 36

Es war schon einige Monate her, seit ich meinen ehemaligen Lehrer getroffen hatte. Wir waren in dem kleinen Café verabredet, das er täglich aufsuchte. Als Gymnasiast hatte ich oftmals an Nachmittagen gewartet und gehofft, Bruno Staretz käme auf eine Tasse Kaffee und zwei, drei Zigaretten vorbei. Trat er an den Tisch, umfing mich augenblicklich seine geistige Präsenz. Ich hatte Anteil an Gedanken, welche die Wände des kleine Cafés hinaus in die Weite mir unbekannter, geistiger Landschaften schoben. Sie gaben mir das Gefühl, an bedeutenden Erkenntnissen teilzuhaben, und seine Ausführungen waren wie eine Droge. Sie ließ mich hoch über den Dingen des Alltags schweben und machten mich glauben, ich sei berechtigt, alles und jedes an hohen Maßstäben zu messen. Als ich Bruno Staretz erzählte, beim Warten hätte ich daran gedacht, wie das am Anfang unserer Kaffeehaustreffen gewesen sei, sagte er:

– Ja, das war so, und es brachte mich in einen gehörigen Zwiespalt. Ich sah nur zu gut, wie ich noch beförderte, was ich verhindern wollte: Ihr weltfremdes Abgehobensein, das sich über alles Alltägliche erhaben fühlte.

Nachdem ich ihm erzählt hatte, was ich am Institut in den letzten Wochen und Monaten erlebt hatte, wie dort der Alltag hinter der Bühne internationaler Zusammenkünfte aussah, sagte er:

– Dann erhalten Sie jetzt den anschaulichen Unterricht, den ich Ihnen während der Schulzeit nicht hatte geben können. Sie brauchen mich jetzt nicht mehr. Ich habe Ihnen nichts mehr zu sagen, was Sie selbst durch Erfahrung nicht besser wüssten und konkreter kennten.

Es klang nach Abschied, und das war es auch. Als wir uns trennten, sagte Bruno Staretz:

– Ich will Ihnen noch etwas schicken, das ich aufbewahrt habe: eine Tagebuchnotiz unserer ersten Begegnung. Vielleicht hilft sie Ihnen, sich an Ihre Naivität zu erinnern, die Sie einmal besessen haben und die Sie bei all Ihren jetzigen Erfahrungen nicht ganz verlieren sollten.

Ein paar Tage später lag ein Briefumschlag in meinem Briefkasten, darin eine Schreibmaschinenabschrift, ohne Karte und Gruß:

Eine erste Begegnung, Oktober 1962
*Der Türvorhang des Cafés wurde zur Seite geschoben und durch die Öffnung trat ein junger Mann, groß, schlank. Er trug einen enggegürteten weißen Mantel, den Kragen hochgeschlagen, die Pelzmütze schief aufgesetzt. So wie der junge Mann da in dem kleinen, schäbigen Café stand, glich er einem verwöhnten Aristokraten, der sich aus einem Roman von Tolstoi oder Dostojewski davongestohlen hat. Er möchte seinen Auf-*

*tritt haben, findet sich jedoch aus Versehen in einer falschen Zeit und an einem falschen Ort wieder. Dies lässt ihn als einen liebenswerten Toren erscheinen, der an Anstand, Gerechtigkeit und Edelsinn glaubt, mir jedoch wenig tauglich für ein heutiges, alltägliches Leben erscheint. Er wird bestenfalls brauchbar für die Schufte sein, die trotz allem noch immer einen Anständigen nötig haben, um glaubwürdig für die zu erscheinen, die sie betrügen.*

*Dieser junge Mann wäre nicht weiter interessant, hätte er im Verlauf unseres Gesprächs nicht einen Satz gesagt, der mich mehr als nur verblüffte: »Wissen Sie, Herr Staretz, die Welt und ich haben nicht viel miteinander im Sinn. Wir sind uns fremd und werden es bleiben. Ich verstehe sie nicht, und sie versteht mich nicht, also gehen wir getrennte Wege.«*

*So etwas trotzig Absurdes kann wahrscheinlich nur ein junger Mensch sagen, der sich der Konsequenzen nicht bewusst ist, aber dringend Hilfe braucht.*

*Also gab ich ihm die Medizin, indem ich einen Weisen zitierte, der sich als Beherrscher eines Weltreichs nicht zu schade gewesen ist zu tun, was ich dem jungen Mann empfahl:*

*›Endlich solltest du doch einmal einsehen, was das für eine Welt ist, der du angehörst, und wie der die Welt regiert, dessen Ausfluss du bist; und dass dir die Zeit zugemessen ist, die, wenn du sie nicht brauchst dich abzuklären, vergehen wird, wie du selbst, und die nicht wiederkommt.«*

# TEIL 2

1977–1981

# 1

»Haben und Sein« war eben erschienen, und ich übernahm Bens Projekt zu den Thesen Erich Fromms, reiste ins Tessin zu dem greisen Psychoanalytiker und Philosophen, der mir einen kleinen Vortrag über den Abschied von der Eitelkeit hielt: Er brauche keinen Auftritt vor Publikum mehr, er habe gesagt, was es zu sagen gegeben habe, und er empfinde es als Privileg des Alters, sich nicht mehr mit der öffentlichen Wahrnehmung auseinandersetzen zu müssen. Doch ohne Erich Fromm würde es keine Tagung geben, was ich bedauerte. Vielleicht aber ließen sich seine Thesen in einen Kongress aufnehmen, den ich zur medizinischen Überversorgung plante?

– Wirst du als Abteilungsleiter wenigstens besser bezahlt?

Wir saßen beim morgendlichen Kaffee am Küchentisch, und ich hatte erzählt, dass ich jetzt nicht mehr ad interim, sondern ganz offiziell die Abteilung »Internationale Kongresse« leite.

– Wahrscheinlich, ich nehme es doch an. Ich habe mit Lavetz noch nicht gesprochen, werde es aber demnächst tun.

– Ja, tue das.

Sie nickte, sah mich eine Weile versonnen an und sagte dann in ruhigem Ton:

– Ich habe beschlossen, meine Stelle aufzugeben.

– Aufzugeben? Aber weshalb? Ich dachte immer ...

– Ja, das dachte ich auch. Doch Kalifornien, die Begegnung mit Sheila Daar, vielleicht sogar die Geschichte von Ishi haben mir gezeigt, dass es wichtig ist, sich für gesellschaftspolitische Themen einzusetzen. Statt verspannte Nackenmuskulatur zu lösen, wäre es vielleicht klüger, sich für Verhältnisse einzusetzen, bei denen es gar nicht erst zu Verspannungen kommt.

Sie zwinkerte mir zu, lachte und erzählte dann, sie sei gestern Abend mit einer Medizinstudentin, die im Krankenhaus ihr Praktikum mache, zu einem Treffen gegangen, das alle vierzehn Tage in einer Wohngemeinschaft stattfinde. Es sei eine Art Diskussionsforum von jungen Wissenschaftlern, Pädagogen und Künstlern. Sie habe sich in dem Kreis sofort aufgenommen gefühlt und gespürt, auch sie wolle sich für gesellschaftspolitische Fragen engagieren.

– Ich hätte nie gedacht, dass du noch Referentin am Institut für Soziales werden willst.

Isabelle machte eine Geste, als wolle sie mir ein Stück Brot an den Kopf werfen.

Sie wurde ernst:

– Nicht heute und nicht morgen, Thyl, und ich weiß auch noch nicht, was werden soll. Doch ich will neue

Dinge erfahren, wie wir sie auf unserer Reise kennengelernt haben. Wozu ich die Hirnzellen brauchen kann und nicht nur die Hände.

Ich bat Isabelle, sie zu einem der nächsten Treffen begleiten zu dürfen. Ich sei neugierig, ihre neuen Bekannten kennenzulernen.

Ivan Illich, einer von Bens Freunden, verstand sich als »Befreiungstheologe« und Intellektueller, der im lebensgerechten Arbeitsprozess das notwendige Korrektiv zur technisierten Produktivität sah, wie er in seinem Hauptwerk »Conviviality« schrieb. Er hatte eben »Die Enteignung der Gesundheit – Medical Nemesis« herausgebracht, dessen Kernaussage war, dass unser Leben aus Profitgründen medikalisiert und dadurch medizinisch verwaltet würde. Ich besuchte ihn in Cuernavaca, Mexiko. Bei der Frage nach möglichen Referenten für den ökonomischen Aspekt einer medizinischen Überversorgung erwähnte er E. F. Schumacher. Dieser sei lange Zeit Berater der englischen Regierung gewesen und habe das Kartell der OPEC vorausgesehen und die theoretischen Grundlagen einer neuen Devisenordnung geschaffen. Dabei sei er zur Überzeugung gelangt, allein durch Kleinteiligkeit in den ökonomischen Prozessen sei ein sinnvolles Wirtschaften möglich. Sein Slogan »small is beautiful« stamme allerdings vom österreichischen Philosophen Leopold Kohr, der die Auffassung vertrete, dass Größe immer zu groß sei und zu den meisten Problemen führe, deren Lösung, auch im Politischen, in der Kleinheit läge, in Räumen der Überschaubarkeit.

Durch Illich, Schumacher und Kohr lernte ich die idealistische Seite jenes »Wertewandels« kennen, dessen konkrete Versuche ich in Kalifornien gesehen hatte.

– Weißt du, was das Paradies ist?, fragte mich Leopold Kohr, als wir uns kennenlernten. Er hatte während der Emigration in einem kanadischen Goldbergwerk gearbeitet und war der freundlichste Mensch, dem ich bis dahin begegnet bin.

– Das Paradies ist das Gefühl, das man nach zehn Stunden Maloche im Bergwerk auf einer Bank in der Abendsonne hat, ohne dass man zuvor unter Tag hätte schuften müssen.

Der Kongress »Medizinische Überversorgung« fand weltweite Beachtung. Für den Teil »Gesteuerte Medikalisierung« hatte ich Ralph Nader, den amerikanischen Konsumentenpapst, als Hauptreferenten eingeladen. Das blieb in der Vorstandsetage der Wilfors nicht unbemerkt. Man wollte wissen, wer dieser Thyl Osterholz sei, der es nicht für nötig erachte, beim Thema Konsum Rücksprache mit der Konzernleitung zu nehmen. Es sei fraglich, ob ein solcher Mitarbeiter tragbar sei. Lavetz ließ ausrichten, es sei Aufgabe des Instituts, auch kritisch gegenüber den Kernanliegen der Wilfors zu sein. Zu mir sagte er, wir müssten noch schonungsloser auch gegenüber dem Konzern und seiner Leitung werden. Die Reorganisation des Instituts müsse beschleunigt werden.

Als ich Sabine von der geplanten »Umstrukturierung« erzählte, sagte sie:

– Dann werden sich unsere Wege trennen.

Wir waren hinunter an den See zum Mittagessen gefahren, um uns ungestört zu unterhalten.

– Dich braucht er, mich aber muss er loswerden.

Der gefährlichste Mitwisser sei jetzt weg, nun müssten auch die gehen, die nicht so viel wie Ben wüssten, doch noch immer zu viel.

Sollte Sabine mit ihrer Vermutung recht behalten, verlöre ich am Institut eine verlässliche Freundin.

Wochen vergingen mit Diskussionen über die »Reorganisation des Instituts«. Gestritten wurde vor allem um eine neue Abteilung, die sich ausschließlich den sozialen Anliegen Al Balts widmen sollte. Kaum jemand bemerkte, wen es in Lavetz' vorgeschlagenem Organigramm nicht mehr gab. Zum Beispiel die *Streiflichter*. Sie würden »zum besseren Vertrieb« an einen deutschen Verlag übergeben, mit ihnen auch Bernhard. Es brauchte folglich die Buchhandlung nicht mehr, und das Postpersonal konnte abgebaut werden. Stellen wurden frei, die durch neue Mitarbeiter besetzt werden mussten, bevor Ferballaix als Nachfolger Kohlers »diejenigen nicht vergaß, die mich bekämpften«.

Notizbucheintrag, März 79
*Mit dieser neuen Abteilung sichert sich Lavetz thematisch ab, signalisiert, dass er getreu dem Stiftungszweck handelt. Zugleich stärkt er mit den neuen Leuten seine Hausmacht und schwächt die beiden bestehenden Abteilungen. Schwarz-Egersheim, wie ich auch, repräsentieren lediglich noch ein Drittel des Instituts, nicht mehr die Hälfte. Dennoch wird meine Abteilung nicht an Bedeutung verlieren. Es sind die internationalen Kongresse, die das Institut unangreifbar für den neuen Chef machen: Zu hoch ist ihr Prestige und zu gefährlich die möglichen Gerüchte einer Zensur. Lavetz' Verteidigungsstrategie ist gut. Sie hat nur eine Schwachstelle: mich. Lavetz braucht einen neuen Ben Seymour, dessen Loyalität ihm sicher ist. Doch kann er sich meiner Loyalität tatsächlich sicher sein?*

# 2

Ich hatte Isabelle vorgeschlagen, am Wochenende zu ihren Eltern zu fahren. Ich brauchte Distanz zu den Diskussionen um Organigramme und neue Strukturen. Sie hatten deutlich gemacht, wie willkürlich über Stellen und Mitarbeiter entschieden wurde. Dazu kamen Gerüchte, unter Ferballaix solle das Institut ein internes Schulungszentrum werden, ohne öffentliche Tagungen und Kongresse. Meine Abteilung würde geschlossen werden. Ob an den Befürchtungen etwas dran war, ließ sich nicht klären. Doch ich müsste mich vorsehen.

Durch Ruhrs zu fahren, war ein zwiespältiges Vergnügen. Einesteils kannte ich jede Straße, jeden Weg, die Häuser und Gebäude. Im Fahrtempo des Autos liefen in mir die Kindheitserinnerungen ab: der Schulweg, die Konditorei, in der ich die Semmel für die große Pause kaufte, der Gasthof Zum Kreuz gegenüber der Wiese bei der Turnhalle, das Kolonialwarengeschäft, in dem wir einkauften, die alte Straße, in der Hans wohnte, ein Junge, der seinem Vater bei den Arbeiten in unserem Garten half ... doch dann stand dort, wo in meinen Erinnerungen die

Schmiede gewesen war und ich zugesehen hatte, wie die Pferde beschlagen wurden, ein Wohnblock. Das Fahrradgeschäft, bei dem wir Schüler uns die alten Schläuche für die Steinschleudern holten, war jetzt eine Pizzeria, die Milchzentrale hatte einem doppelt so großen Neubau weichen müssen, und die Wiese, die Bolliger noch zwei Mal im Jahr gemäht hatte, dem mein Vater vor einem Gewitter half, das Heu zu laden, war jetzt ein öder Parkplatz. Am zwiespältigsten aber war der kurze Blick zwischen Häusern hindurch auf die Villa am Wasser bei den »Keramik-Werken«. Unverändert stand sie hinter der Umfassungsmauer, ließ Dach und Turmspitze sehen und die oberste Reihe der Fenster, deren linkes Eckfenster zu meinem Zimmer gehörte. Dass sich nichts geändert hatte, machte es für mich schwierig, zu »unserem Haus« hinüber zu sehen: der schimpfliche Wegzug nach »jener Geschichte«, wie Mama den Verlust des Hauses, der Stellung und des Vermögens unserer Familie nannte, war wieder gegenwärtig. Was tatsächlich geschehen war, das uns ruiniert hatte, war nie aufgeklärt worden.

– Nur Hans, der Gärtnersohn, hat mir beim Wegzug die Hand gegeben. Ich hatte ihm an manchen Nachmittagen bei den schweren Arbeiten geholfen …

– Das hast du mir schon x-mal erzählt, Thyl. Schließ doch endlich mit der Vergangenheit ab.

Konnte ich das? Wirkte sie nicht in die Gegenwart hinein, als Angst, es könnte mir etwas Ähnliches wie meinem Vater widerfahren? Machte nicht sie mich misstrauisch gegen Lavetz, ich könnte in seinem Machtspiel nur eine Figur sein, die man benutzt und wenn nötig wie ein Bauer im Schach opfert? Sah ich mich nicht deshalb vor, wollte mich in meiner Loyalität nicht festlegen? Fühlte ich nicht in mir den Zwang, mir und Vater zu beweisen, dass man mit mir nicht verfahren konnte, wie man es mit ihm getan hatte?

Isabelles Elternhaus lag von Ruhrs aus talaufwärts, außerhalb des Dorfes, auf einer der Hügellehnen. Ein schmaler, steiler Weg führte in Kehren zu dem, was man früher ein Tauner-Häuschen genannt hatte, ein aus billigen Materialien gebautes Heim aus der Vorkriegszeit, mit eher kleinen Zimmern und einem Sitzplatz im umhegten Garten. Über die Beerenstauden hinweg ging der Blick auf das langgestreckte Dorf und die bewaldeten Hügel. Ich mochte das kleine Haus, war stets willkommen, und wir konnten jederzeit Isabelles ehemalige Schlafkammer benutzen. Isabelle jedoch verstand sich mit ihrer Mutter nicht gut, die stets etwas fand, das noch getan werden musste, sei es im Haus oder Garten. Kannst du dies, kannst du das, würdest du mir helfen ... Isabelle mochte es nicht, dauernd angewiesen zu werden, zumal sie eine Arbeit nie so erledigte, wie sie nach der Vorstellung ihrer Mutter erledigt werden sollte.

»Dann mach das doch selbst«, war ein häufiger Satz während unserer Besuche, und ich würde am Abend in unserem Zimmerchen einmal mehr erläutern, dass die

Strenge und das Bestehen auf einer möglichst effizienten Ausführung einer Arbeit durch ihren Beruf bedingt seien. Als Krankenschwester habe sie tagtäglich hunderterlei Aufgaben zu bewältigen. Dass sie so bestimmend geworden sei, habe neben dem Beruf auch damit zu tun, dass ihre Mutter Haus und Familie zusammengehalten habe.

– Dein Vater ist so ziemlich das Paradebeispiel eines unpraktischen, nicht sehr lebenstauglichen Menschen, der sich zwar blendend in Büchern zurechtfindet, nicht aber in den Dingen des alltäglichen Lebens.

Nein, ich sagte nicht, dass ich ihn gerade deshalb so sehr mochte. Als ich das erste Mal Isabelles Eltern besuchte, wurde ich ins Wohn-Esszimmer geführt, in dem der Tisch bereits für das Mittagessen gedeckt war. Isabelles Mutter hatte mich sehr herzlich begrüßt, war dann in die Küche verschwunden, und Isabelle und ich standen im Zimmer, etwas unschlüssig, ob wir uns setzen sollten. Da öffnete sich die Verbindungstür, und ihr Vater trat ein, blieb einen Augenblick stehen, als müsste er sich besinnen, dass Sonntag war und sie Besuch hatten.

– Haben Sie George Eliot gelesen?

Er zog die Brille von der Nase und schien erst durch das Entfernen des Lesegerätes in der Gegenwart angekommen zu sein.

– Sie sind Herr Osterholz, nicht wahr?

Er musterte mich kurz, gab mir die Hand und sagte:

– Lohnt sich, Middlemarch sowieso, aber auch The Mill on the Floss.

Und wie beim ersten Mal waren wir auch während der folgenden Besuche bald in ein Gespräch vertieft. Isabelle war verblüfft, dass ich schon beim zweiten Besuch in seine Studierstube vorgelassen wurde: ein enges Zimmer mit einem Fenster zum Tal hin, unter dem sein Schreibtisch stand. Daneben war ein Stehpult mit Lampe, der Rest der Einrichtung waren Bücher, in Regalen, Kisten, gestapelt auf dem Boden. Doch im Gegensatz zu Bens ehemaliger von Rauchnebeln überwehter Klippenlandschaft aus Zeitschriften und Zeitungen war es eine warme, klausnerische Höhle aus Bücherwänden. Die Auftragsarbeiten, sagte Isabelles Vater, führe er am Schreibtisch aus, das sei Routine und Broterwerb, doch die wichtigen, die literarischen Übersetzungen, die würde er am Stehpult machen. Diese verlangten die gerade Haltung, den festen Stand.

– Ich darf es ja Doris nicht sagen, sie würde es nicht verstehen, doch augenblicklich arbeite ich an der Übersetzung eines Romans, für den es keinen Auftrag gibt und den ich wahrscheinlich in keinem Verlag unterbringen werde. Eine brotlose Sache. Doch faszinierend und schwierig, weil das Buch aus der Perspektive eines Mannes geschrieben ist, der als rechte Hand eines Politikers dessen Entwicklung zu einem Autokraten verfolgt ...

Und er redete begeistert von Robert Penn Warren und dem Roman All the Kings Men.

– ... in den dreißiger Jahren erschienen, einer der bedeutendsten Romane der amerikanischen Literatur, für den der Autor den Pulitzer-Preis bekommen hat. In Europa ist er unbekannt geblieben, mir unverständlich.

Seit er das Buch zum ersten Mal gelesen habe, habe es ihn nicht mehr losgelassen. Also übersetze er es.

Und Isabelles Vater las mir eine Stelle vor, »nur dass du eine Ahnung vom Ton hast«, und ich beneidete den leicht korpulenten Mann, der nervös seine Brille aufsetzte und wieder von der Nase zog und mit seinen weichen, tapsigen Händen in den Papieren blätterte.

– So wie er muss man leben, möchte ich leben, sagte ich auf der Fahrt nach Hause. Am liebsten würde ich kündigen, nichts mehr von Blutauffrischung hören und mich mehr wieder den eigenen Studien widmen …

Isabelle war in manchen Zügen ihrer Mutter ähnlicher, als sie wahrhaben wollte. Ihre Entgegnung fiel überaus deutlich aus.

– Werden wie mein Vater? Sich in die Studierstube zurückziehen? Nein, Thyl davon habe ich während meiner Jugend genug gehabt. Du hast dich gegen meinen Rat für das Institut entschieden, hast Ja zur Organisation von Kongressen gesagt, und nun bringst du das, was du am Institut erfahren und kennenlernen wolltest, auch zu Ende. Ich bin nicht bereit, auf meine Pläne zu verzichten und weiterhin als Physiotherapeutin zu arbeiten, nur weil du alles gleich hinwerfen möchtest.

# 3

An einem Morgen, kurz vor Ferballaixs Amtsantritt, nachdem ich die schwere Kupfertür aufgezogen und Al Balts bronzenem Gesicht zugenickt hatte, meldete ich im Tagungssekretariat, dass ich im Haus sei. Die Telephonistin schrieb Tafeln mit Referentennamen, wahrscheinlich für eines von Martins Seminarien. Sie sah mich schräg, mit blassen grünlichen Augen an, in denen ich glaubte, einen schadenfreudigen Schimmer zu sehen.

– Du wärst besser nicht gekommen.

– Was gibt's?

– Lavetz hat schon zwei Mal nach dir gefragt. Er erwartet dich. Dringend!

In dem Fall empfahl sich, sein Büro durch das Vorzimmer seines Sekretariats zu betreten. Es konnte nicht schaden, etwas mehr zu wissen als nur gerade, dass man dringend erwartet wurde.

Wera saß an der Schreibmaschine, auf dem Pult lagen rosarote Durchschläge von Briefen, und durch das Fenster fiel ein graues Licht, das sich mit Kaffeegeruch und filzigem Zigarettenrauch mischte.

– Tja, Thyl, wie geht es *dir* denn?

Wera wusste, wie man Dinge sagt, ohne sie auszusprechen. Ihre Frage brauchte keine Antwort, sie deutete lediglich an, dass es jemand anderem nicht gut ging. Ihr Blick ging zur Verbindungstür.

– Du wirst ja *dringend* erwartet.

– Und ich wäre tatsächlich besser nicht gekommen.

Wir lachten. Wera hatte sofort verstanden.

– Du weißt es also noch nicht.

Sie schnitt eine Grimasse wie über etwas Dummes, doch Unausweichliches, sprach schnell und leise:

– Der Felber war gestern Abend bei der Gründerin. Er hat ihr die ganzen Geschichten erzählt, von LAVs Affären, den Saufereien, dem Rauswurf von Ben – alles. Du kannst dir vorstellen, die alte Frau hat fast der Schlag getroffen! Sie rief selbstverständlich sofort Kohler an. Und nun soll *der* die Sache abklären. Er kommt um elf Uhr …

Ich wusste, was sie mit dieser weiteren Betonung meinte. Kohler würde gar nichts abklären. Keiner zeigt auf den Dreck des andern, wenn er selbst im Dreck steht. Kari Felber, Koch des Instituts für Soziales, war eine zu kleine Nummer. Allein die Tatsache, dass er die Frechheit hatte, die alte Dame in ihrem Haus mit Gruselgeschichten zu belästigen, genügte, ihn sofort »freizustellen«.

Wera zündete sich eine Zigarette an, sagte, was für sie typisch war:

– Mir tut der Felber leid. Was hat den gestochen. Ist doch purer Irrsinn. Was immer der erreichen wollte, er hat doch keine Chance, und die, die ihm Lavetz hier am

Institut gegeben hat, indem er ihn zum Koch machte, hat er verspielt.

Ich war einer der wenigen am Institut, der mit Kari Felber zurechtkam. Er hatte eine schwierige Art des Umgangs, schroff, verstockt, und wenn er am Tresen stand, zu den Tischen hinübersah, an denen die Angestellten saßen, dann zeigte sein längliches, runzliges Gesicht nur zu deutlich, dass er von der ganzen Gesellschaft nichts hielt: Verwöhntes Pack, das keine Ahnung hatte, was das Leben einem antun konnte. Er stammte aus der gleichen Region wie ich, und das genügte ihm offenbar, hie und da ein paar Sätze mehr mit mir zu wechseln, als für ihn üblich war. Und mir genügte es auch, seinen verqueren Schädel zu mögen: Wir gebrauchten die gleichen Wörter, und ihr Klang war erinnerte Landschaft und machte Kari glauben, dass man mit der gleichen Sprache auch ein gleiches Schicksal teile, zumindest wüsste, wie das Leben damals in den Dörfern gewesen war. Und so erzählte er mir von seiner Jugend, die ich kennen und verstehen würde, denn »du bist ja einer von uns«. Und ich kannte sie auch, weil sie so gewöhnlich, so allgemein und klischeehaft war. Ein prügelnder Vater, Säufer und Rucksackbauer, der außer zum Schnapsen und Quionieren zu nichts taugte, ein sentimentaler Tropf, der sich selber leidtat und sich zum Trost einen Schluck genehmigen musste. Kari, der jüngste von drei Söhnen, durfte zwar eine Lehre machen, aber eine sinnlose, überflüssige Lehre, weil es den Beruf eines

Schuhmachers nicht mehr gab. Also landete er in der Fabrik, an einem »Automaten«, machte Schulden, überwarf sich mit dem Werkmeister, klaute, was er brauchte, wurde erwischt und verurteilt. Als er nach verbüßter Strafe wieder in Richtung schiefer Bahn war, las ihn Lavetz auf, zahlte, was an Schulden noch oder wieder aufgelaufen war, machte einen Koch aus ihm, der nun schon acht Jahre am Tresen lehnte und mit einer säuerlichen Stimme wie eine ausgequetschte Zitrone zu mir gesagt hatte: »Was LAV mit Ben gemacht hat, ist nicht in Ordnung. Erst helfen, dann fortjagen. Das wird er mit mir nicht machen.«

An diese versteckte Drohung musste ich denken, als ich Lavetz' Büro betrat.

4

Lavetz saß an seinem Schreibtisch, zurückgelehnt, fuhr sich mit dem Zeigefinger über den Nasenrücken.
– Du weißt es?
Ich nickte.
– Kohler kommt um elf. Es wird eine Untersuchung geben.
Ich hockte mich auf die Schandbank, machte ein betrübtes Gesicht. Lavetz wusste keine Lösung, und ich glaubte zu sehen, was ich bisher an ihm noch nicht bemerkt hatte: Lavetz hatte Angst.
– Ich verstehe es einfach nicht. Geht hin und erzählt dieser über achtzigjährigen Frau die unglaublichsten Lügen. Sex, Orgien, Saufgelage. Du kannst dir vorstellen, wie die alte Dame erschrocken ist. Ada Baltensperger, die Frau des Gründers! Selbstverständlich hat sie umgehend Kohler angerufen.
Unabhängig davon, wem der Vorfall nutzen konnte, die Anschuldigungen mussten widerlegt werden – aus Rücksicht auf Frau Ada: Das Bild von Al Balts idealistischen und seinen Grundsätzen treu bleibenden Genossenschaften musste aufrechterhalten bleiben.

– Ein Glück, sagte ich, hat Kari Felber für seinen Besuch den dümmsten Augenblick gewählt.

Lavetz hielt mit dem Nasenreiben inne, sah mich aufmerksam an.

– Noch ist Kohler im Amt, sagte ich.

Und den hatte Lavetz seit Jahren fest in der Hand.

– Was wäre erst, wenn er es in einem Monat getan hätte?

Lavetz wandte augenblicklich das Gesicht ab, als wäre die Anspielung auf Ferballaix' Amtsantritt nichts, was erwähnt werden sollte.

Heftig und wie um abzulenken, sagte er:

– Unsinn! So ein Unsinn! Nichts, kein Wort ist wahr – oder erinnerst du dich an irgendetwas, irgendetwas, das man mir vorwerfen könnte?

Nein, ich würde nicht in diese Falle tapsen und mit einer Lüge meine Loyalität bekräftigen. Auch ich hatte schon zu viel gesehen und gehört, um mich vorbehaltlos hinter Lavetz zu stellen.

– Es braucht ja nicht wahr sein, was der Felber erzählt hat, sagte ich. Es genügt, dass gewisse Leute genau die Geschichten für ihre Zwecke gebrauchen können …

Lavetz sprang auf, machte vier Schritte zur Tür und vier Schritte zurück.

– Weißt du, sagte er, und ich hörte, dass er betroffen und ehrlich enttäuscht war, ich verstehe es wirklich nicht. Was hat der Felber gegen mich, weshalb versucht er, mir zu schaden, nach all dem, was ich für ihn getan habe? Er hätte nirgendwo Arbeit gefunden, ich habe ihm die Schulden bezahlt, für ihn gebürgt, ihn das Wirtepatent machen lassen, und er konnte hier schalten und walten, wie es ihm passte. Was hatten wir seinetwegen Streitereien mit dem Personal. Ich habe ihn in Schutz genommen, den Leuten erklärt – er ist ja auch wirklich ein armer Teufel. Und jetzt das, aus heiter hellem Himmel.

Lavetz schüttelte den Kopf.

– Besser, es ist jetzt passiert als später, sagte ich etwas vorlaut. Und besser, es ist ein armer Tropf wie Felber zu Frau Ada gelaufen als jemand wie Ben Seymour.

5

Wera streckte den Kopf zur Verbindungstür herein, verdrehte hinter ihren riesigen Brillengläsern die Augen und sagte:

– Herr Kohler ist da.

Lavetz war mit einem Sprung an der Bürotür.

– André! Komm rein. Ist ja unglaublich. Herrschaft noch mal. Ich weiß einfach nicht, was in den Mann gefahren ist. Wir haben uns gerade darüber unterhalten. Es kann sich am Institut einfach niemand erklären, wie Felber auf diese haltlosen Anschuldigungen gekommen ist.

Kohler nickte leicht, stand dann mitten im Zimmer wie seine eigene Statue, er, der mit sechzehn Jahren ohne Führerschein einen Lastwagen seines verrückten Onkels gefahren hatte und der jetzt am Steuer des ganzen Unternehmens stand: ein Gesicht wie gemeißelt, unbewegliche, von Macht geprägte Züge, ohne Anflug von Freundlichkeit.

Ich fand es an der Zeit, durch die Verbindungstür in Weras Büro zu verschwinden, doch Lavetz deutete mit einem Blick zum Schandbänkchen, ich solle bleiben. Für Kohler war ich ohnehin nur Luft mit dem zufälligen Namen Osterholz, und Lavetz wollte offenbar einen Zeugen haben. Wer wusste schon, was geschehen würde? Wie ich es einschätzte, niemand. Nicht in diesem Raum.

Sie setzten sich an den Besprechungstisch, und Kohler legte seine blassen, von Altersflecken übersäten Hände vor sich auf den Tisch wie zwei abgelegte Kleidungsstücke. Er sah auf sie nieder, als überlegte er, was jetzt mit ihnen zu tun sei. Lavetz ihm gegenüber neigte sich vor, den einen Arm gestreckt auf der Lehne aufgestützt. Sein Mund war gespitzt, als überlegte er angestrengt, doch Lavetz wusste, dass er jetzt weder pfeifen, noch etwas sagen durfte. Kohler schwieg. Ich konnte ausgiebig seinen Scheitel studieren, der mit euklidischer Exaktheit das angegraute und an den Enden gewellte Haar trennte. Ich konnte auch sehen, wie Lavetz' Zehen in den leichten Wildlederschuhen wie eingesperrte Tiere tanzten.

Sollte ich zählen, wie viele Sekunden sie das Schweigen durchhielten? Nein, ich zählte nicht.

– Du weißt, weshalb ich hier bin.

Kohler hob sehr langsam das Gesicht. Seine Augen standen eng beieinander, sein Blick kam unter schmalen, sichelförmigen Lidern hervor, und sein Mund glich der Narbe einer schlecht verheilten Wunde.

– Es sieht also nicht gut aus, sagte er.

Lavetz hatte augenblicklich verstanden, ließ sich im Stuhl zurückfallen, faltete die Hände vor dem Gesicht. Er hatte nicht damit gerechnet, dass die Ferballaix-Leute von der Sache bereits wussten.

Als Lavetz hinter seinen kleinen, hornhäutigen Klauen schwieg, wuchs das Unbehagen. Kohler musste sich im Stich gelassen fühlen, als sei es einzig an ihm, eine Lösung zu finden, wie man »diese dumme Geschichte« am besten erledigte.

– Es war äußerst ungeschickt, dass dieser Felber nicht zu mir, sondern zur Gründerin gegangen ist. Äußerst ungeschickt. Ich meine, mal abgesehen davon, dass es eine Ungeheuerlichkeit ist, der alten Frau mit solchen Geschichten die Tür einzurennen. Eine unfassbare Impertinenz, Ada überhaupt mit irgendetwas zu behelligen! Also ich meine, es zwingt mich selbstverständlich, den Vorfall offiziell zu untersuchen.

André Kohler redete, als säße er nicht am Besprechungstisch in Lavetz' Büro, sondern stünde am Rednerpult und müsste ein Gremium überzeugen. Er war Parlamentarier in der Partei seines Onkels, und wenn er auch in einem Monat das Steuer des Konzerns aus der Hand geben würde, Parlamentarier wollte er bleiben, einer mit weißer Weste und erfolgreicher Bilanz während seiner Ära als Konzernchef.

Einen Skandal zum Abschluss seiner Tätigkeit als Präsident des Genossenschaftsrats wollte Kohler sich nicht leisten, und Lavetz spürte das und ließ ihn reden.

– Felber hat sich übrigens bei Ada nicht angemeldet. Er ist einfach hingegangen und hat gesagt, er müsse mit ihr reden. Ada hat ihn gekannt, von den Essen des Stiftungsrates, also bat sie ihn herein. Zwei Stunden hat er bei ihr gesessen und erzählt ... Sie konnte sich nicht wehren, musste sich Dinge anhören, die abstoßend und ihr fremd sind, schlimme Sachen. Nicht dass ich Näheres wüsste oder wissen wollte. Ada hat mich unmittelbar nach dem Besuch angerufen, sie war durcheinander, schockiert, aber auch empört ...

Lavetz blickte abwesend vor sich hin, fuhr sich mit den Daumennägeln über den Nasenrücken und hatte Witterung aufgenommen. Er hoffte auf einen Zufall, eine Chance, die ihm nützlich sein könnte. Je länger er schwieg und Kohler reden ließ, desto mehr wurde die Angelegenheit zu dessen Problem, für das der keine Lösung wusste.

Ich schaute aus dem Fenster auf die silbergrauen Stämme mit dunklen Regenspuren. An den Ästen war ein erstes schüchternes Grün, das hell vor dem wolkig grauen Hintergrund leuchtete.

Schließlich kam Kohler doch zu einem Schluss:
– Ich bin jetzt gezwungen, die Sache offiziell zu untersuchen.

Und das war, was Kohler offenbar Kopfzerbrechen machte, er würde es sonst kein zweites Mal erwähnen.
– Du weißt, Fällander ist ein enger Vertrauter der Gründerin, Frau Ada ...

Ich erinnerte mich an den netten älteren Herrn, ehemaliger Finanzchef, der mir während der Stiftungsratssitzung in der Villa Achberg Andeutungen über den möglichen neuen Konzernchef gemacht hatte.

– Und Fällander hat sich gut mit Ferballaix gestellt, sagte Lavetz.
– Ja, und weil dieser wahrscheinlich bereits alles weiß ...
– ... kommst du nicht um eine offizielle Untersuchung herum.

Kohler senkte den Kopf, sah wieder auf die beiden gepflegten Gegenstände vor sich auf dem Tisch, sagte, bemüht um Festigkeit:
– Ich brauche wohl nicht zu betonen, wie leid es mir tut ...

Lavetz grinste, lehnte sich vor und sagte in süßlichem Ton und mit knabenhaftem Charme:
– Aber André, was müsste ich denn erst sagen, wie leid es *mir* tun würde ...

Was immer in dem »würde« steckte, der Schlag saß, Kohler zuckte zurück und nahm dabei auch seine Hände vom Tisch. Das, worum er so lange reden musste, kannte er jetzt: den Preis, den er zahlen müsste, wenn er Lavetz fallen ließ. Die weiße Weste bekäme Flecken.

– Auf irgendeine Weise müssen wir aus der Sache kommen, sagte Kohler, und ich glaube, er begriff allmählich, dass er »die dumme Geschichte«, wie er sie nannte, niederschlagen musste, sie bliebe sonst zu einem Teil an ihm hängen. Lavetz dagegen zuckte bloß mit der Schulter: Die Sache lief besser als erwartet. Er müsste nur Geduld haben. Das Leben war eine endlose Kette von Gelegenheiten, die sich nutzen ließen – falls man sie erkannte, und er würde sie erkennen.

# 6

– Tut mir leid, Thyl, aber ich verstehe dich nicht. Ja, ich habe nach dem Besuch bei meinen Eltern gesagt, du müsstest zu Ende bringen, was du am Institut erfahren und kennenlernen wolltest. Das kann doch nicht heißen, dich an so widerlichen Machenschaften wie um diesen Koch zu beteiligen, Kommentare zum Zeitpunkt der Anschuldigung zu machen und anzudeuten, dass es schlimmer gewesen wäre, hätte Ben sie gemacht. Wieso machst du das, weshalb hast du dieses Dich-Einmischen nötig?

Ich begleitete Isabelle zu dem nächsten Treffen, von denen sie mir erzählt hatte. Wir fuhren mit der Straßenbahn in das frühere Arbeiterquartier, das stadtauswärts hinter den großen Industriebauten und Werkhallen lag. Die Straßen hatten Namen von Dingen, die in den Fabriken hergestellt worden waren, wie Stahlgussstrasse oder Zahnradstrasse – und die Häuser, ohne Vorgärten, waren in Karrees um einen Innenhof angelegt, drei, vier Stockwerke hoch.

Die Wohnung, in der das Treffen stattfand, hatte vier Zimmer und eine geräumige Küche. Diese diente als Gemeinschaftsraum, doch auch die Türen zu den Zimmern standen heute offen. Es waren ungefähr zwanzig Leute da, saßen in der Küche um den Tisch oder in den Zimmern auf Kissen und Matratzen. Es wurde geraucht, gekifft, getrunken, vor allem aber geredet. Am Küchentisch plante man ein Wochenende in den Bergen, eine Runde in einem der Zimmer – es waren vor allem Theaterleute – besprach eine Aktion nach Augusto Boal in der Bahnhofshalle, in einem anderen Zimmer wurde über ein neu erschienenes Buch diskutiert, dessen Verfasser ich nicht kannte: Michel Foucault, ein französischer Philosoph, der »Überwachen und Strafen« geschrieben hatte, ein Werk, bei dem es – so viel ich beim Zuhören mitbekam – um das subtile Eindringen von Macht in die modernen Gesellschaften ging.

Ich verstand, weshalb Isabelle sich in dem Kreis wohlfühlte. Es waren kluge Frauen und Männer, die hier zusammenkamen, diskutierten, stritten und mit Witz und Schlagfertigkeit argumentierten. Die Atmosphäre war gelöst und heiter. Ein wenig beneidete ich Isabelle, die freudig begrüßt wurde, sich in dem Kreis aufgenommen fühlte, während ich fremd blieb. Obwohl man mir offen und neugierig begegnete, würde ich nicht dazugehören, und das lag nicht an Isabelles neuen Freunden. Es lag an mir. Sie erschienen mir leicht, frisch und unbelastet, im Gegensatz zu mir. Politische Theorien waren für mich keine abstrakten Sprachlandschaften, durch die ich wie durch großzügig angelegte Parks gehen und vom Baum der Erkenntnis pflücken konnte. Ich saß in Lavetz' Büro, hörte und sah zu, wie Macht nicht subtil, sondern grob und rücksichtslos ausgeübt wurde. Diesen Unterschied versuchte ich Isabelle nach dem Abend im Industriequartier zu erklären. Wir saßen zu Hause am Küchentisch, tranken noch ein Glas Rotwein, und ich sagte, wie beeindruckt ich von ihren neuen Freunden sei, auch, wie sehr ich ihr gönne, sie gefunden zu haben.

– Ich jedoch bewege mich in einem anderen Kreis von Leuten und muss zusehen, wie ich mich in einem Fall wie dem von Kari Felber verhalte. Ich habe dir vor dem Treffen mit deinen Freunden erst den ersten Teil der Geschichte erzählt, und vielleicht hast du recht, dass ich etwas vorwitzig mit meinen Bemerkungen war. Doch was folgte, um die »dumme Geschichte« niederzuschlagen, hat mich verstummen lassen.

# 7

Dieser zweite Teil begann mit einem Klopfen an der Tür. Wera streckte den Kopf herein, sagte in sachlichem Ton:
– Herr Kohler, ein Anruf. Es ist dringend. Soll ich durchstellen?

Kohler sah auf, blickte aus engstehenden Augen in Weras volles, rundes und freundliches Gesicht und schien sich zu erinnern, dass es für ihn auch noch andere Aufgaben gab als diese hier, die endlich zu einem Ende kommen musste.

– Nehmen Sie es auf, ich rufe zurück.

Dann wandte er sich an Lavetz:
– Nun gut, ich habe gedacht, ich könne die Sache heute in Ordnung bringen. Da dies nicht der Fall ist, werde ich die Angelegenheit delegieren.

Es brauchte Nerven zu nicken, obwohl eine offizielle Untersuchung das Letzte war, was Lavetz brauchen konnte. Doch er nickte. Langsam und bedächtig.

– Allerdings, sagte Lavetz, wird eine Untersuchung nichts bringen. Niemand am Institut, da bin ich mir sicher, wird die Anschuldigungen Felbers bestätigen, niemand.

Und Lavetz ging zur Verbindungstür.

– Wera, kommst du.

Wera war im zerbombten Berlin aufgewachsen, musste sich durchschlagen mit einer Mutter, die durch Vergewaltigung gebrochen war und sich später das Leben nahm. Ihr musste man nichts vormachen wollen. Sie hatte im Trümmer-Berlin gelernt, sich auf dem Schwarzmarkt nicht übers Ohr hauen zu lassen, und eine ihrer Redewendungen war: »Über Trümmer zu klettern, muss ja für etwas gut gewesen sein!«

Und da stand sie, fest und gerade, sah erwartungsvoll lächelnd von einem zum andern.

– Jetzt sag du, Wera, ob du mit den Vorwürfen Felbers auch nur das Geringste anfangen kannst?

Sie wurde augenblicklich ernst. In ihrer burschikosen Art sagte sie sehr bestimmt:

– Also mich braucht ihr gar nicht erst zu fragen. Ich habe mit keinem am Institut geschlafen und werde es auch nicht tun. Und was Lavetz' Sexleben betrifft, so interessiert es mich nicht und geht mich auch nichts an. Oder sind Sie da anderer Ansicht?

Dann drehte sie sich um und zog die Tür hinter sich leise ins Schloss.

Lavetz kannte jetzt die Lösung. Er ließ die beiden Mitarbeiterinnen aus dem Tagungssekretariat kommen, danach Helen von der Buchhaltung, befragte sie, während Kohler dasaß und die Peinlichkeit über sich ergehen ließ.

Sie alle wussten von nichts oder wollten es nicht preisgeben.

Doch dann stand Margrit Schelbert in der Tür, in einem weiten Schottenrock und rotem, hochgeschlossenem Pullover, eine Kette aus Tonkugeln um den Hals. Nein, Lavetz hatte sie nicht rufen lassen, sie kam von sich aus. Sie war Mitte dreißig, trug das Haar halblang und gewellt um ihr blasses Gesicht, in dem ihre Augen durch eine Hornbrille stark vergrößert wurden. Margrit Schelbert arbeitete als Bibliothekarin, eine zurückhaltende, schüchterne Frau, die sich lieber mit Büchern beschäftigte als mit Menschen.

– Ja, bitte?, fragte Kohler, und ich war sicher, er fürchtete, es gäbe nun doch Schwierigkeiten.

– Kommen Sie herein. Was haben Sie auf dem Herzen?

Er sah sie an, sein Gesicht hatte den gemeißelten Ausdruck, und das Kinn war vorgeschoben.

Margrit Schelbert stand da, die Hände ineinandergerungen.

– Zu den Anschuldigungen von Kari Felber will ich nichts sagen. Ich will nur etwas zu dem sagen, was ich selbst erfahren habe.

Sie musste jetzt gemerkt haben, auf was sie sich eingelassen hatte, dass sie vorwärtsgehen musste und dies zu tun, sehr viel Mut kostete.

– Es war – ich meine – beim letzten Weihnachtsessen. Zuerst hat mir Herr Lavetz unsittliche Anträge gemacht und mich dann auch angefasst ...

Sie blickte kurz auf, ein geweiteter, hilfloser Blick.

– Vor dem Aufbruch – Ellen wollte mich noch ein Stück

im Auto mitnehmen – also am Ende des Festes, hat Herr Lavetz mich nochmals bedrängt ...

Sie hielt den Blick gesenkt, ihre Wangen hatten sich gerötet.

– Und wo ist das geschehen?, fragte Kohler, als sei der Ort von Belang.

– Da drüben, bei den Toiletten des Speisesaals.

Kohler nickte langsam.

– Es ist gut, Frau Schelbert. Warten Sie einen Augenblick vor der Tür. Ich lasse Sie dann rufen.

Margrit ging mit einem scheuen Blick auf Lavetz, der sich nicht gerührt hatte und auch jetzt keinerlei Reaktion zeigte.

Kohler saß da, unentschlossen, was jetzt zu tun war.

– Diese Geschichte lässt sich so leicht nicht vom Tisch wischen.

– Nein, so leicht wird das nicht gehen, sagte Lavetz. Aber das braucht es auch nicht, im Gegenteil.

Kohler blickte verständnislos auf, und Lavetz drehte sich ihm blitzschnell zu.

– André, du glaubst doch nicht im Ernst, dass an der Geschichte etwas dran ist. Schau dir doch diese Schelbert an, auf so eine loszugehen, ist doch eine Beleidigung meines Geschmacks.

Er lachte dieses offene, wohlklingende Lachen.

– Nein, André. Ich habe es wirklich nicht nötig, mich an eine Mitarbeiterin heranzumachen, die schielt und mit vierzig noch einen Schottenrock wie ein überaltertes

Schulmädchen trägt. Zweifellos hab ich zu viel getrunken, eine Zote gemacht, vielleicht sogar sie mal angerührt. Warum nicht? Wir haben doch beide genügend erlebt, um zu wissen, wie das bei solchen Anlässen zugeht. Daraus aber eine Orgie, Vergewaltigung oder einen unsittlichen Antrag zu machen, ist jüngferliche Überspanntheit, Phantasie einer Zukurzgekommenen.

Lavetz war jetzt der, den ich kannte: der Chef, der die Dinge im Griff hatte, anordnete und dessen Entscheidungen unumstößlich waren.

– Nein André, die Geschichte kommt nicht vom Tisch. Endlich wissen wir, was dieser verrückte Felber überhaupt meinte, woher er seine unglaublichen Anschuldigungen hergenommen hat.

Er lief im Zimmer auf und ab, begeistert von der Lösung, die er so unverhofft gefunden hatte.

– Der Felber hatte schon immer eine Schwäche für die Schelbert, und da wollte er den Beschützer spielen, sich für sie einsetzen und ihr Genugtuung verschaffen.

Kohler kniff seine kleinen, engstehenden Augen zusammen, verstand allmählich, dass sie beide unbeschadet aus der Sache kämen, ließen sich die Anschuldigungen als Empfindlichkeit einer überspannten Mitarbeiterin darstellen, für die sich der Koch geglaubt hatte, aus Zuneigung einsetzen zu müssen.

Er nickte langsam.

– Ich denke, damit könnten wir durchkommen und unsere Untersuchung abschließen.

Er dachte kurz nach, vergewisserte sich, dass er nichts übersehen hatte.

– Du wirst dich selbstverständlich jetzt sofort bei Frau Schelbert entschuldigen, und ich werde das auch protokollieren lassen.

Er lächelte das erste Mal, seit er gekommen war. Kohler war kein großer Politiker, aber wenn er unerwartet einen Trumpf in die Hand bekam, erkannte auch er ihn.

Dann stand Margrit Schelbert wieder im Zimmer, wusste nicht so recht, wohin mit den Händen und Blicken.

Er wolle … und falls … und wenn sie fühle … täte ihm das …

Margrit dankte Kohler für die Versicherung, er werde sich persönlich um sie kümmern, sie dürfe sich jeder Zeit an ihn wenden, falls sie wegen ihrer Offenheit irgendwelchen Schikanen ausgesetzt sei. Er schätze ihren Mut und möchte ihr dafür danken.

Margrit ging mit vor Aufregung gerötetem Gesicht, die Tür schloss sich hinter dem Schottenrock, und zurück blieb eine abgegriffene, gewöhnliche Leere.

Ich wollte ihr so rasch wie möglich entfliehen, doch Lavetz sagte:

– Auf den Schrecken hin können wir ein Glas Weißwein vertragen.

Er warf mir den Schlüssel zu.

– Und bringen Sie gleich den Felber her, sagte Kohler. Er ist fristlos entlassen.

## 8

In den folgenden Wochen fanden zwei große Kongresse statt, ich war mit der Organisation und der Werbung beschäftigt, sprach mich mit Referenten ab. Dazu kamen Sitzungen. Lavetz hatte neue Leute eingestellt. Thematische Abstimmungen mussten getroffen, Kompetenzen und Budgetfragen ausgehandelt werden. Isabelle sah ich nur am Morgen, eine halbe Stunde beim Kaffee, die übrige Zeit war ich am Arbeiten, und als Gerda mir eine Telexnachricht aufs Pult legte, stöhnte ich. Serge schrieb, er habe von seiner Mutter die Nachricht erhalten, seinem Vater gehe es schlecht, sie sei besorgt, doch Genaueres habe sie ihm nicht mitgeteilt. Ob ich nicht vorbeischauen würde? Er wisse, es sei eine Zumutung, seine Eltern in dem Haus zu besuchen, in dem ich meine Jugend verbracht hatte, doch er kenne sonst niemanden, den er bitten könnte. »Lehn ab, wenn du's nicht schaffst.«

Seit wir Ruhrs verlassen mussten, war ich nie mehr in der Villa am Fluss gewesen. Es bereitete mir schon Unbehagen, durch das Dorf zu fahren, wenn wir Isabelles Eltern besuchten. Doch das Haus mit dem großen Garten, umschlossen von einer Mauer, war zum Sperrbezirk geworden. Dort hatte meine Kindheit an einem Sommertag geendet, als ich von der Schule kam. Der Gartentisch unter der Zeder war zum Mittagessen gedeckt gewesen, auf der Batistdecke und den Gedecken lagen die filigranen weichen Schatten der Nadeln, es war eben aufgetragen worden, doch die Stühle blieben leer. Niemand dachte ans Essen, und im Haus war eine lähmende Stille. Vater war vom Firmenfahrer nach Hause gebracht worden. Ich hatte ihn beim Aussteigen aus der Limousine gesehen. Er war bleich, weinte, ging mit unsicheren Schritten zur Haustür. Danach war nichts als Ungewissheit. Ich saß im Wohnzimmer auf dem Sofa, wartete, lauschte in die Stille. Um zwei Uhr ging ich zum Unterricht zurück in die Schule. Meine Kameraden mieden mich. Sie tuschelten, der alte Osterholz habe unterschlagen und müsse ins Gefängnis. In der Pause kam Serge zu mir. »Hat man dir nichts gesagt?« Ich schüttelte den Kopf. »Dein Vater ist entlassen worden, er ist nicht mehr Direktor der Keramik-Werke, und er muss für den Schaden aufkommen, den er verursacht hat.« Eine Investition, wie ich später erfuhr, die er unterzeichnet hatte, zu der später ein Zusatz auftauchte, dass er bei einem Verlust »mit seinem Privatvermögen hafte«.

Vater lag im Bett, ein gebrochener Mann. Mutter war tapfer. Sie, Tochter einer einst wohlhabenden Industriellenfamilie, saß stundenlang bei ihm, redete auf ihn ein, er habe nichts Unrechtes getan, nur vertraut, wo Vertrauen nicht angebracht gewesen sei. Aufrecht nahm sie den Schlag entgegen, der wiederholte, was in ihrer Familiengeschichte schon einmal geschehen war: Auch ihr Vater hatte sein Vermögen verloren, weil man ihm beim Kauf einer Firma gefälschte Bilanzen vorgelegt hatte. Nie werde ich vergessen, wie sie die Kasten und Schubladen ausräumte, als wir das Haus verlassen mussten. Sie tat es mit der stoischen Ruhe, das Unausweichliche tun zu müssen, sah sich die Dinge nochmals an und legte sie dann entschieden weg. Doch für mich war das Räumen der Zimmer ein Schock. Ich schaute hilflos zu, wie die gewohnte Ordnung sich auflöste, meine Kindheit und Jugend demontiert und die mir vertraute Einrichtung größtenteils weggeworfen wurde. Weniges konnten wir mitnehmen, anderes blieb zurück und würde von den Nachfolgern übernommen, wieder anderes holte die Heilsarmee ab. Ich konnte mich nur schwer damit abfinden, dass der Park, das Haus, die Zeder, das Schwimmen im Fluss nun nur noch Erinnerung sein sollten, unwiederbringlich verloren. Ich begann damals zu lesen, flüchtete in Bücher, durch die ich in Welten eintreten konnte, die nichts mit dem zu tun hatten, was um mich geschah und geschehen war.

Und nun bat mich Serge, an den Ort zurückzukehren und das Haus wieder zu betreten, in das er und seine Eltern nach uns eingezogen waren?

# 9

Isabelle fand, ich müsste unbedingt hinfahren. Es sei wichtiger als meine Kongresse. Vielleicht würden der Besuch und die Wiederbegegnung mit dem Ort meiner Kindheit etwas von den alten Kränkungen und Verletzungen lösen.

– Nimm dir die Zeit. Geh hin! Wer weiß, was du dort vorfinden wirst?

Manchmal müsse man tun, wovor man sich fürchte. Deshalb habe auch sie sich zu einem Schritt entschlossen, für den sie ihren ganzen Mut brauche.

Sie habe während des letzten Treffens im Industriequartier eine Tänzerin kennengelernt, die Mitglied einer freien Kompanie sei. Mit ihrem Soloprogramm habe sie kürzlich Première gehabt.

Während Isabelle sich mit ihr unterhielt, fragte Pearl, ob Isabelle nicht Lust hätte, mit ihr auf Tournee zu gehen. Ihr Techniker sei ausgefallen, sie brauche dringend einen Ersatz. Klar müsste sie eingearbeitet werden. Sie habe Helfer beim Bühnenaufbau, doch Licht und Ton würde sie während der Vorstellung allein »fahren« …

– Und davor habe ich mehr als Respekt. Was, wenn ich

es nicht schaffe, die Einsätze im richtigen Moment und mit dem richtigen Gespür zu geben …

Sie würde kein regelmäßiges Gehalt mehr haben und auch nicht wissen, wie es sich ohne eine feste Tagesstruktur lebte. Doch sie hatte sich entschlossen, sich freistellen zu lassen, um in die Produktion einsteigen zu können und sich mit dem Stück vertraut zu machen. Ich war im ersten Moment mit ihrer Entscheidung nicht glücklich. Sie wäre oft fort, ganze Tage bis tief in die Nacht, manchmal auch Wochen während der Tourneen im Ausland. Sie würde sich in einem ganz und gar anderen Milieu bewegen, als es die Physiotherapie bisher gewesen war, arbeitete mit stets anderen, oftmals unkonventionellen Menschen zusammen. Beim Gedanken an ihr künftiges Leben verspürte ich einen Faden Neid, vielleicht auch Eifersucht auf jemanden, den es nicht gab, aber geben konnte. Gleichzeitig fand ich ihre Entscheidung mutig. Warum sollte nicht auch sie herausfinden, »welcher Welt du angehörst«, wie Bruno Staretz es mir empfohlen hatte?

# 10

Ich stand vor dem schmiedeeisernen Tor, schaute auf die Klinke, eine längliche, sich verbreiternde, gewölbte Schale mit gewelltem Saum: der Panzer eines Urtiers, an der stärksten Stelle glattgescheuert vom vielen Niederdrücken. In der Tiefe des Eisens mussten noch die Spuren der Hände von Vater und Mutter sein und die meiner Fingerspitzen als Kind im Zehenstand. Jetzt ein nach Jahren erneutes Niederdrücken, und ich würde den Ort betreten, den ich nie mehr hatte betreten wollen. Mit dem Öffnen des Tors zeigte sich, weshalb ich nicht zurückkehren wollte. Ich sah wieder Vater, wie er aus dem Auto stieg und zur Haustür ging, weinend, gebrochen, ein hilfloser Mann. Und ich folgte ihm nun über den Kiesplatz, presste den Messingknopf, der noch immer derselbe in der runden Vertiefung war, und die Klingel schrillte, doch das Bellen unseres Dackels blieb aus. Es dauerte eine Weile, bis ich Schritte im Flur hörte, dann wurde die Tür aufgezogen, und im Schattendunkel stand Serges Mutter. Sie hatte sich kaum verändert, eine dunkle agile Frau, die immer schon einen harten Zug gehabt hatte.

– Thyl! Entschuldige, ich habe dich im ersten Augenblick nicht erkannt. Was für eine Überraschung! Komm bitte herein.

Und da stand ich also im Flur, in dem die Garderobe gewesen war und in dem es nicht mehr nach Vaters ägyptischen Zigaretten roch.

– Ein unerwarteter Besuch, was führt dich her?

– Ein spontaner Entschluss. Ich war in der Gegend und dachte mir, ich könnte nach all den Jahren wieder einmal den Ort besuchen, an dem ich aufgewachsen bin, und mich zugleich erkundigen, wie es Ihnen geht.

–Danke, wir sind zufrieden. Mein Mann ist im Salon.

Ich war verblüfft, wie gut der alte Marton aussah, obwohl er angeblich krank war. Er saß aufrecht in einem Lehnstuhl mit Ohrenpolstern, die Beine übereinandergeschlagen, trug einen dunklen Anzug, Hemd, eine Fliege, die schwarzen Schuhe glänzten von Politur. Er war für einen häuslichen Nachmittag eine Spur zu korrekt gekleidet.

– Thyl Osterholz, wie angenehm! Sehr erfreut, dich nach so langen Jahren zu sehen. Sind es fünfzehn? Stattlich bist du geworden.

Ich hatte vergessen, dass er ein Deutsch mit leicht österreichischem Akzent sprach, »von der Mutter her«, das stets überfreundlich klang.

– Verzeih, dass ich nicht aufstehe. Ich habe etwas Mühe, mich zu erheben. Man ist halt nicht mehr der Jüngste. Magst einen Whisky? Bitte bedien dich am Wagen, und bring mir auch gleich ein Glas, ja.

Im »Salon«, dem Zimmer mit Stuckdecke und helldunkel gemustertem Parkett, hatte sich wenig verändert. In diesem Zimmer hatte ich mit Mama mittags Kaffee getrunken und Zigaretten geraucht.

Franz Marton prostete mir zu.

– Schön, bist du hergekommen!

Er lächelte und sah auf das Bild über dem Sofa – Wald, in den Sonnenstrahlen einfielen – und fragte, wie es meinem Vater gehe. Noch während ich antwortete, wurde mir bewusst, dass unser Sofa an genau der gleichen Stelle gestanden und darüber ebenfalls ein Landschaftsbild gehangen hatte. Ich erschrak, als ich den Lehnstuhl wiedererkannte, auch wenn er neu bezogen war. In ihm hatte Vater gesessen, im Morgenmantel, Hausschlappen an den Füßen, unrasiert und blass, die Bibel vor sich aufgeschlagen, er, der niemals las, jetzt aber Trost suchte. Nun saß der alte Marton in Vaters Lehnstuhl, das dünne, angegraute Haar glatt über den Schädel gezogen.

Er habe die Geschäftsleitung abgegeben, schon vor zwei Jahren, er präsidiere noch den Verwaltungsrat.

Serges Mutter brachte eine Schale mit Keksen und fragte, ob ich vielleicht lieber einen Kaffee statt des Whiskys haben wollte? Sie erzählte, wie glücklich ihr Sohn verheiratet sei, jetzt ein Auslandsjahr in den USA verbringe, an einer Eliteuniversität, und zweifellos eine große Karriere vor sich habe. Etwas unvermittelt fragte ich, ob ich durch den Garten hinunter zum Fluss gehen dürfe? »Aber natürlich« und »selbstverständlich« und »lass dir ruhig Zeit«.

Notiz, Mai 78

*Kann man einen Baum wie einen Menschen lieben? Die Zeder beim Sitzplatz war meine alte Hausgenossin, ich begrüßte sie, legte die Hände auf ihren schorfigen Stamm. Unter ihren Zweigen hatte ich zum ersten Mal gesehen, was »schön« ist: die filigranen Bewegungen des unscharfen Graus ihrer Nadeln auf dem gedeckten Tisch. Es bedeutete Sommer und Mittag und eine tiefe Sehnsucht nach Dauer.*

*Der Garten war gepflegt, und während ich durch den dichten, geschnittenen Rasen hinunter zum Ufer ging, dachte ich an Hans, dem ich bei den Gartenarbeiten geholfen hatte. Er ist verstorben, wie mir Frau Marton später sagte, bei der Arbeit umgefallen und tot gewesen, ein Herzfehler. Er war ein einfacher und wunderbarer Mensch gewesen, der mit den Händen denken konnte, etwas, das mir abging. Und er hatte eine herzliche Zugewandtheit, die mir wohltat, weil unsere verschiedene Herkunft keine Bedeutung hatte.*

*Der Zugang zum Fluss, die Lücke zwischen Büschen zum sandigen Uferstreifen, wo Serge und ich die Ferientage mit Sarah verbracht hatten, war zugewachsen, niemand badete hier noch. Enttäuscht kehrte ich in den Salon zurück.*

*Franz Marton hatte weiter getrunken, er saß allein im Salon, redete und schimpfte, wie alles nur immer schlechter würde, wir bald den Kommunismus bekämen wie im Ostblock ... eine Suada, die ich anhörte, nur darauf bedacht, eine Lücke zu finden, um mich mit Anstand zu verabschieden.*

*Im Auto saß ich eine Weile still hinter dem Steuer. Ich genoss den vertrauten Innenraum, den Schutz von Glas und Blech.*

*Hier drang nichts mehr auf mich ein, weder Erinnerungen, noch Lüge und Geschwätz. Diese »Kapsel« brächte mich weg von diesem Ort und den Martons. Weit weg.*

Was würde ich Serge schreiben? Dass sein Vater alkoholkrank war und seine Leber wahrscheinlich hart wie ein Kiesel sei?
Ich schrieb:
»Er trinkt, obwohl es ihm der Arzt verboten hat. Deine Mutter, denke ich, braucht dringender Hilfe als Dein Vater, ihm kannst du nicht mehr helfen.«
Zu Isabelle sagte ich:
– Ich werde dorthin nicht mehr zurückkehren. »Unser Haus am Fluss« gibt es nicht mehr. Was noch existiert, ist ein Zerrbild: die Einrichtung, die der unseren nachgeahmt ist, der alte Marton, der in Anzug und Fliege im Lehnstuhl meines Vaters sitzt, Serges Mutter, die versucht zurechtzubiegen, was schief ist, und von Serges Erfolg und seiner guten Ehe gesprochen hat.
Doch ich hätte auch wieder meinen Vater gesehen, wie er damals nach Haus gebracht worden war, wie er im Lehnstuhl gesessen hatte, und ich hätte gespürt, wie tief dieses Erlebnis noch immer in mir nachwirke.
– Ich verspürte Mitleid und ein Bedürfnis, es den Leuten heimzuzahlen, die Menschen antun, was meinem Vater angetan worden ist.
Isabelle sah mich an, nickte und schwieg. Erst am nächsten Tag sagte sie:

– Ich hoffe, Thyl, dass du dieses Bedürfnis, deinen Vater zu rächen, eines Tages loswirst. Es bringt dich in unnötige Konflikte, in denen du glaubst, beweisen zu müssen, dass dir das Gleiche wie deinem Vater nicht geschehen wird.

# 11

Vierzehn Uhr war eine unübliche Zeit für eine Besprechung. Alle waren aufgefordert worden teilzunehmen, von den Abteilungsleitern bis zu Manf, dem Chauffeur, und so sammelte sich die Belegschaft in der Bibliothek, aufgeregt und ängstlich, was sie erwartete.

Schlag zwei Uhr wird die Glastür aufgestoßen, verstummt der Saal, betritt eine wuchtige Figur die Bibliothek, blauer Anzug, blaue Krawatte. Ihr folgen Lavetz und ein noch jüngerer Mann, schmal mit großer Brille. Der Wuchtige beachtet den Saal mit keinem Blick, hat ein vages Lächeln im Gesicht, geht zügig zur Mitte. Ein Bauernschädel, die Brauen buschig, das Haar zurückgekämmt. Mit einer raschen Drehung wendet er sich den Reihen von Lesepulten zu, lässt sein Lächeln fallen, sieht jeden einzelnen Mitarbeiter kurz mit einem harten und prüfenden Blick an. Lavetz, der sich neben ihm aufgestellt hat, sagt, er freue sich, uns Herrn Ferballaix, Nachfolger von Herrn Kohler als Präsident des Genossenschaftsrats der Wilfors, vorzustellen. Er hoffe auf eine gute Zusammenarbeit und schätze es, dass Herr Ferballaix sich den Mitarbeitern …

– Alors, der kleine, harte Zweisilber lässt Lavetz verstummen, ihn dastehen mit dem Lächeln eines Gemaßregelten.

– Messieurs, Mesdames, Sie arbeiten für das Erbe des Gründers der Wilfors. Damit haben Sie eine große Aufgabe, aber auch eine große Verantwortung. Alois Baltensperger war ein Neuerer, ein Kämpfer und Mann mit Mut.

Was er erreicht habe, müsse weitergeführt werden. Nicht alles habe sich in der Vergangenheit in die richtige Richtung entwickelt, und es sei seine Aufgabe, dies zu korrigieren. Dazu sei es nötig, die einzelnen Unternehmenszweige, zu denen auch das Institut gehöre, zu untersuchen.

Und Ferballaix wendet sich an den jüngeren Mann, der ein Mündchen über einem zu schmalen Kinn hat, mit staubigem Blick durch die Hornbrille in den Saal sieht und unter kurzen, nach hinten frisierten Haaren eine beeindruckend breite Stirne sehen lässt. Herr Marker werde der Institutsleitung zur Seite gestellt und habe die Aufgabe, das Institut zu durchleuchten, seine Strukturen zu prüfen, die Leistungen zu bewerten und die Effizienz der Tätigkeiten in Relation zu den verfügbaren Mitteln einzuschätzen.

Ferballaix' Gesicht bekommt einen lächelnd jovialen Zug. In kumpelhaftem Ton sagt er:

– Sie und ich, wir arbeiten gemeinsam am Erfolg des Instituts und der Wilfors. Ich bitte Sie, mit Herrn Marker zu kooperieren – und seien Sie versichert: Niemand von Ihnen braucht Angst zu haben, niemand ist gefährdet.

Dann redet er davon, dass auch andere Institutionen des Konzerns durchleuchtet und restrukturiert würden. Die Wilfors müsse wieder dynamisch werden, und Ferballaix schließt mit der nicht unbescheidenen Bemerkung, er werde als der neue Al Balt die Wilfors größer und mächtiger machen.

Es waren vor allem die Mitarbeiter mit einfacheren Aufgaben, die Etienne Ferballaix beeindruckend, sympathisch und ihnen zugewandt fanden. Eine Erleichterung war spürbar, als hätten sie unbewusst die Bedrohung gespürt, die vom Wechsel an der Spitze des Konzerns für das Institut und letztlich auch für sie ausgehen würde. Doch nun fühlten sie sich beruhigt, der neue Chef hatte gesagt, was er erreichen wolle, hatte gezwinkert und gegrinst und versichert, sie hätten nichts zu fürchten.

Nein, der letzte Satz machte sie nicht stutzig, und sie hatten übersehen, dass neben der wuchtigen Gestalt ein schmächtiger Bursche stand, einer, der den Auftrag hatte, die Drecksarbeit zu machen und aufzuräumen. Faktisch war es so, dass wir eben der Entmachtung Lavetz' beigewohnt hatten. Rausschmeißen konnte man ihn nicht, dafür hatte man keine Handhabe. Doch einen »troubleshooter«, wie der neue Begriff hieß, ihm an die Seite zu stellen, der belastendes Material finden sollte, das tat man. Und es war ein Vergnügen zu sehen, wie schon beim Nachmittagskaffee Martin sich anbiederte und Marker erklärte, seine Seminarien lägen ganz auf der Linie Ferballaix': Steigerung der Effizienz und des wirtschaftlichen Erfolgs. Anders sahen es Pina Messmer und ihr Team von der neuen Abteilung. Sie witterten den Feind, den Wirtschaftsboss, der alles, was nicht dem Profit diente, abschaffen wolle, zuerst ihre Abteilung, die für praktische Alternativen zu einem profitorientierten Wirtschaften warb. Sie würden auf Seite Lavetz' sein und Marker, wo immer sie konnten, sabotieren. Was aber tat ich? Bei einem Abendessen hatte Serge erzählt, in unserer Jugend habe man mir den Spitznamen »Berg« gegeben, nicht weil ich ein übergewichtiger Junge gewesen sei, im Gegenteil, sondern weil ich stets abseits stand, mich nicht beteiligt und nur zugeschaut habe: Der Berg bewegt sich nicht. Und genau das hatte ich im Sinn. Ich würde nichts tun, am wenigsten Partei ergreifen. Verblüfft jedoch war ich über Lavetz. Er musste wissen, dass Markers Aufgabe war, ihn zu Fall zu bringen. Doch er kooperierte, fand es großartig, in Marker einen Co–Leiter gefunden zu haben, der ihm Teile der Verwaltungsarbeiten abnahm. Er werde sehr viel mehr Zeit haben, sagte er, sich mit zukunftsweisenden Themen zu beschäftigen. Um Wachstum und Gewinnmaximierung allein dürfe es bei der Wilfors nicht gehen.

Wer aber war Ferballaix?

# 12

Das Maischburger Schloss war von den Vereinigten Schweizer Banken VSB vor ein paar Jahren gekauft und restauriert worden, eine prachtvolle Anlage inmitten von Gärten. Die jährlichen Zusammenkünfte der Wirtschaftselite waren keinem Thema gewidmet, sondern dienten dem Austausch und geselligen Zusammensein, wobei es den Teilnehmern freistand, spontan ein aktuelles Problem zur Diskussion vorzuschlagen. Ich vertrat Lavetz, der vermeiden wollte, Ferballaix zu begegnen.

Dieser reiste mit seinem Tross an, den genossenschaftlichen Regionalfürsten der Wilfors. Sie waren aufgeboten worden, den Kaiser zu begleiten, während ich quasi als Kurienkardinal den Papst vertrat. Vor dem abendlichen Dinner, das die Zusammenkunft festlich eröffnen würde, versammelte Ferballaix seine Leute in einem Nebensaal, sagte, wie gerne er die Gelegenheit nutze, die Zeit gemeinsam zu verbringen. Ganz unbekannt sei man sich ja nicht, bis vor Kurzem hätte er noch ihrem Kreis angehört. Dann war es mit der jovialen Kollegialität vorbei. In scharfem, abwertendem Ton forderte er jeden der Regionalleiter auf, über die neuesten Umsatzzahlen ihrer jeweiligen Genossenschaft zu berichten. Et vous, et vous, et vous! Kein Name mehr, keine Anrede, lediglich ein Nicken als Aufforderung zu reden. Selbstverständlich wurde ich übergangen, ich zählte nicht in dieser Runde. Durch die Teilnahme an dem Treffen hatte Ferballaix seinen Fürsten geschmeichelt, jetzt machte er sie klein, und sie wurden klein. Ich konnte auf ihren Gesichtern sehen, wie mühsam sie Zahlen in ihrem Gehirn zusammensuchten, als ginge es tatsächlich um Umsätze und nicht um ein Ritual der Macht. Ferballaix war gefährlicher, als ich ihn eingeschätzt hatte. Er wollte nicht geliebt, er wollte gefürchtet werden, und das war das Rezept aller Potentaten. Deshalb ließ er bei den sozialen Zweigstellen des Konzerns Effizienzanalysen herstellen. Sie dienten neben betriebswirtschaftlichen Abklärungen hauptsächlich der Einschüchterung. Ihr braucht euch nicht zu fürchten, das hatte er gesagt, damit wir uns fürchten, er hätte es sonst nicht zu erwähnen brauchen. Bei dieser Schlussfolgerung, die ich für stichhaltig hielt, war ich so unvorsichtig, etwas selbstzufrieden zu lächeln.

– Et vous, was haben Sie zu lachen.

– Ich musste an den Magdeburger Reichstag denken, an dem der Kaiser am 16. Januar 1537 seine Reichsfürsten versammelt hatte, um über …

– Taisez-vous, erzählen Sie hier keine Geschichten!

– Geschichte, sagte ich, mit Betonung der Schlusssilbe, Monsieur, éxcusez-moi, Geschichte, Histoire.

Ich war mir sicher, dass keiner der Anwesenden den

Magdeburger Reichstag von 1537 kannte, weil niemand ihn kennen konnte, ich hatte ihn soeben erfunden. Doch mich kennte man nun, und Herr Ferballaix würde mich bei einem nächsten Mal nicht übersehen.

Beim Aperitif im Vorraum des Festsaals, während Wein und Häppchen serviert wurden und rund hundert Leute sich in größeren und kleineren Gruppen unterhielten, kam ein älterer, etwas untersetzter Herr mit gelichtetem Haar auf mich zu. Er war unauffällig gekleidet, hatte ein feines, freundliches Lächeln im rundlichen Gesicht und sagte mit leiser Stimme, die ich Mühe hatte, im Gesprächslärm zu verstehen:
– Herr Osterholz, schön, dass Sie da sind. Es freut mich, Sie – wie lange wird es her sein, zwei, drei Jahre? – wiederzusehen.

Es dauerte einen Moment, bis sich aus Wandleuchte, tiefen Teppichen und einem Tisch mit hochlehnigen Stühlen ein Wiedererkennen zusammensetzte. Nur war die Miene des Herrn Generaldirektor der VSB jetzt nicht steinern, sondern sie trug freundliche, zugewandte Züge, und während ich ihn begrüßte, vielleicht etwas zu überschwänglich, weil ich mich nicht mehr an seinen Namen erinnerte, dachte ich, dass die Fähigkeit, Menschen, die man einmal gesehen hat, auch nach Jahren mit dem Namen anzusprechen, wesentlich zum Nimbus ihrer Macht beiträgt.
– Wir haben uns damals über das »Forum Humanum« unterhalten, Sie werden sich erinnern.

Und es war ihm anzusehen, dass er meine unzulänglich verborgene Verblüffung genoss.

Im Ton einer angenehmen Konversation erzählte er, dass es – selbstverständlich dank meiner Anregung – das »Forum Humanum« nun tatsächlich geben werde, allerdings unter einer neutralen Leitung und auch mit etwas anderem Schwerpunkt: Es solle, wie bei den Maischburger Treffen, eine Zusammenkunft der Spitzen aus Politik und Wirtschaft werden, bei der weniger das Thema als der informelle Austausch wichtig sei, nicht aber wie hier im Maischburger Schloss beschränkt auf die Schweiz, sondern als eine globale Veranstaltung.

Der Generaldirektor hatte eine konziliante, geschliffene Art des Umgangs, die an einen Diplomaten erinnerte. Er winkte einen Servierer herbei, nahm vom Tablett zwei Gläser Weißwein, hielt das eine mir hin.

– Lassen Sie uns darauf anstoßen, dass dem »Forum Humanum« eine große Zukunft beschieden ist.

Wir beteuerten, wie wichtig die persönlichen Begegnungen seien, der unmittelbare Austausch. Er profitiere stets von den Treffen hier im Maischburger Schloss, sagte der Generaldirektor abschließend, und so hoffe er, auch den neuen Präsidenten des Genossenschaftsrats der Wilfors, Herrn Ferballaix, kennenzulernen. Ich anerbot mich, sie einander vorzustellen, tat dies auch und zog mich zurück.

Während des Dinners saß ich am Katzentisch und war darüber nicht unglücklich. An ihm finden sich in der Regel die interessanteren Menschen als unter den hierarchisch aufgereihten Gästen der Haupttafel. Wie ich nach kurzen Gesprächen herausfand, bestand die Runde, der ich angehörte, aus den letztjährigen Preisträgern der VSB-Stiftung. So hatte ich zur Rechten eine Philosophin, zur Linken einen brummligen Lyriker und im weiteren Kreis einen Künstler, eine Komponistin, eine Choreographin und einen Jazzpianisten. Selbstverständlich fragte ich die Choreographin, ob sie Pearl Anderson kenne. Nein, tue sie nicht, die komme doch jetzt mit einem Solo heraus, irgendwas zum Thema Unterdrückung. Meine Partnerin sei Pearls Technikerin, sagte ich und war mit einem »Ach ja« für den Abend keiner weiteren Beachtung mehr wert. Der brummlige Lyriker genügte sich selbst in der Ablehnung von allem und jeglichem, fand es unmöglich, dass er als Preisträger nur Garnitur sei, »Schnittlauch auf der Schlachtplatte«, wie er sagte, während die Komponistin und der Jazzpianist sehr schnell in ein Gespräch vertieft waren, zu dem sich auch die Choreographin gesellte. Der Künstler saß etwas einsam da, widmete sich dann mit großer Aufmerksamkeit dem Essen, das selbstverständlich hervorragend war, aus fünf Gängen bestand, zu denen jeweils ein der Speise entsprechender Wein serviert wurde. Er wohnte außerhalb von New York, eine Stunde Fahrt mit dem Zug von der Central Station, in einem eher ländlichen Gebiet, und beschäftigte sich, wie er mir auf Englisch erklärte, lebenslang mit der Linie – ihrer dimensionslosen Sichtbarkeit, die er aber auch in der Natur immer wieder und in vielen Variationen entdeckt habe und als Schnitt, Strich, Streifen in seinen Werken umsetze. Er blieb isoliert, doch unerwartet, zwischen Coquille Saint Jacques und Aargauer Zwetschgenbraten, machte er die Bemerkung, nein, Kunst habe nichts mit Politik zu tun, im Gegenteil, damit mache sie sich zum Lakai eines wenig intelligenten Diskurses. Was auch immer der Anlass seiner Bemerkung gewesen sein mochte, niemand antwortete, und die Musiker diskutierten weiter, als hätte es den Einwurf nicht gegeben.

– Der Künstler mit seinen Linien hat nicht unrecht, sagte nach einer Weile die Philosophin, indem sie sich an mich wandte. Vielleicht ist es wichtiger, für das, was wir nicht fassen können, einen Ausdruck zu finden, als sich an politischen Themen abzuarbeiten.

Die »dimensionslose Sichtbarkeit« sei ein Begriff, der ihr gefalle, und sie führte des Längeren den Gedanken aus, ob die Macht und ihre Repräsentanten nicht schon immer versucht hätten, die schöpferischen Kräfte, um sie zu kontrollieren, in ihren Bereich des Verwaltens zu locken: Kunst soll politisch sein, um nutzbar gemacht zu werden. Wir aber müssten politisch sein durch die Verweigerung des Nützlichen ...

Während ihrer Ausführungen sah ich hinüber zur Haupttafel, zu Etienne Ferballaix und den Repräsentanten der Macht, wie die Philosophin die Runde genannt hätte. Die Herrschaften waren in guter dreidimensionaler Sichtbarkeit, und die zeigte: Man kannte die Umgangsformen, wusste, wie man eine Konversation führt, wandte den Kopf dem Sprechenden zu, begleitete dessen Worte mimisch, nickte ernsthaft oder lachte erfreut auf und wählte mit Bedacht den Moment, die Hand versichernd auf den Arm des Nachbarn zu legen. Im oberen Drittel der Tafel leistete man sich eine freundliche Reglosigkeit, die stets eine feine Unsicherheit hinterließ, ob das, was ruhig und mit leiser Stimme geäußert wurde, auch gemeint sei. Man konnte sich die Vieldeutigkeit leisten, man war vertraut mit Anspielungen und sich sicher, dass sie nicht missverstanden wurden. Zu diesem Drittel gehörte Ferballaix nicht, und er würde nie dazugehören. Er strahlte ein Gehabe aus, wie ein Neureicher in Gesellschaft alter Geldaristokratie. Er musste zeigen, was für die Herrschaften am Tisch oben nicht nötig war. Sie gehörten schon immer zu diesem Kreis dazu und verfügten über ein Repertoire feinster Signale, die Monsieur Ferballaix nicht kannte. Er war ein grober Klotz, der sich nicht zu schade war, nach Dessert und Süßwein mich beim nachträglichen Gesellschaftsteil anzusprechen.

– Et vous? Vous connaissez Monsieur le Directeur général de VSB?

Ja, würde ich.

– Wie kommen Sie dazu?

– Durch ein gemeinsames Projekt, das auf einer Idee des Gründers beruht hat, doch wegen der zögerlichen

Haltung der Wilfors jetzt von jemand anderem verwirklicht wird.

Von einem »gemeinsamen Projekt« des Generaldirektors und mir zu sprechen, war ein kleiner sprachlicher Giftpfeil. Er würde wirken, auch wenn er ihn nicht spürte.

## 13

Nach der leicht abschätzigen Bemerkung der Choreographin bei der Abendgesellschaft im Maischburger Schloss suchte ich im Tourneeplan ein Wochenende, an dem Pearl Vorstellung hatte. Voranmelden würde ich mich nicht. Ich wollte Isabelle überraschen, war gespannt, wie sie ihre Aufgabe löste, und was ich auf der Bühne zu sehen bekäme. Ich fuhr früh los, kam nach Mittag in Ravenna an, suchte das Teatro Luigi Rasi und war verblüfft, vor dem Schmiedeeisentor zu einer Kirche zu stehen. Später erklärte mir der Veranstalter, dass die ursprüngliche Klosterkirche bereits im 19. Jahrhundert zu einem Theatersaal umgebaut und nun in dieser Spielzeit nach einer Renovation wiedereröffnet worden sei. Ich schlich hoch zur Galerie, schlüpfte durch die Tür und setzte mich auf der Empore in den Sessel eines Theatersaals, von dem man nie vermutet hätte, er befände sich im Innern einer ehemaligen Klosterkirche. Auf der Bühne brannte das Arbeitslicht, Isabelle stand im Lichtkreis, blickte hoch zu den Traversen und gab jemandem Anweisungen in Englisch.

Verborgen im Dunkel des Saals zu sitzen, dem technischen Einrichten der Bühne zuzusehen, ohne dass Isabelle und ihre Helfer davon wussten, war ein seltsam prickelndes Gefühl, gemischt aus dem unangenehmen Empfinden, etwas Unerlaubtes zu tun, und der Erregung, das Verborgene und stets Vorbehaltene nun endlich zu entdecken. Es fühlte sich zwiespältig, auch etwas unfair an, und ich schlüpfte durch die Tür hinaus, wie ich hereingekommen war, rannte die Treppe hinunter, suchte den Bühneneingang und stürzte ins Licht.

– Thyl, was ist passiert? Warum bist du da?

Ich umschlang Isabelle, als müsste ich mich für mein heimliches Beobachten entschuldigen.

– Alles gut, alles in Ordnung. Ich bin nur eben hergefahren, um die Vorstellung zu sehen – um dich zu sehen.

– This mad man is my husband, sagte sie in die Runde ihrer Helfer, die lachten, mir zunickten und weiterarbeiteten.

– Du bist wirklich ein Verrückter. Kommst hierher, ohne etwas zu sagen. Doch ich muss weitermachen, wir sind knapp in der Zeit. Schau dir Ravenna an.

Ich setzte mich unter die Markise eines Straßencafés, bestellte einen Espresso und ein Stück Kuchen. Ich hatte keine Lust auf Kirchen und Museen, mich beschäftigte zu sehr, was mich erwartete. Wäre es vielleicht klüger gewesen, nicht herzufahren, in Unkenntnis zu bleiben, worauf sich Isabelle mit ihrer Zusage, die Technik der Vorstellung zu betreuen, eingelassen hatte. Was, wenn Pearl keine wirklich gute Tänzerin war oder das Thema »Oppression«, unter dem ich mir nicht allzu viel vorstellen konnte, plakativ und oberflächlich behandelt wurde? Ich verspürte eine Nervosität, die sich mehr und mehr wie Lampenfieber anfühlte. Wie würde ich Isabelle sagen, dass das, wofür sie sich begeisterte, nicht ganz so großartig war, wie sie glaubte? Ohne die Bemerkung der Choreographin im Maischburger Schloss, die nicht allzu Gutes erwarten ließ, wäre ich nie hergefahren. Jetzt begann ich es zu bereuen.

Im Programmheft stand etwas von einer Fannie Lou Hamer, einer Amerikanerin, die gegen Rassismus und für die Rechte der Frauen gekämpft hatte, selbst offenbar schlimmste Demütigungen erlitten hatte. Sie soll geäußert haben, dass Unterdrückung den Menschen auf den Körper reduziere, an dem die Gewalt ablesbar werde. Pearl und ihre Choreographin hatten diese Aussage zur Anregung genommen, die vielfältigen Formen von Gewalt und Demütigungen in ihrer Wirkung auf den Körper tänzerisch zu zeigen. Pearl tanzte wechselweise das Bewegungsrepertoire von Tätern und das von Opfern, von brutaler Gewalt und schmerzhaftem Leiden, aber auch subtileren Formen von Verletzung und Unterdrückung, die sich in Verrenkungen und Verhärtungen zeigten. Die Bewegungssequenzen gingen fließend ineinander über, eine erstaunliche Vielfalt an ausgeübten und erlittenen Demütigungen, die in ihrer Ganzheit den seltsamen Effekt hatten, man verfolge den Lebenslauf eines Menschen, der herumgestoßen und erniedrigt wird und selbst andere auch stößt und erniedrigt. Kein schöner, kein erhebender Abend, wäre er nicht brillant inszeniert und ausgeführt worden. Pearls artistische Körperbeherrschung begeisterte. Der Applaus war denn auch tosend, Isabelle blendete das Licht zehn Mal auf, bis Pearl nicht mehr erschien und ich mich aufmachte, um hinter die Bühne zu kommen.

Isabelle saß noch am Mischpult. Ja, sagte sie auf meine Begeisterung hin, Pearl ist wirklich großartig. Ich glaube, sie könnte dieses Stück nicht so tanzen, wenn darin nicht sehr viel von ihren eigenen Erfahrungen eingeflossen wäre. Sie hatte nur einmal kurz angedeutet, dass sie als Kind kaum gesprochen habe und die Bewegung früh zu ihrer Ausdrucksform geworden sei.

Es war laut im Foyer, die Zuschauer standen in Gruppen zusammen, ein Glas in der Hand, und ihre Stimmen hallten von den Wänden. Es verging eine ganze Weile, bis Pearl erschien, abgeschminkt, in einem einfachen Kleid. Sie wurde von den Zuschauern mit erneutem Applaus begrüßt, und sie lächelte scheu, fast ein wenig beschämt, in sich zurückgezogen, als wäre sie noch nicht wirklich da und unter den Menschen, die sie bewunderten. Auch später, als wir mit den Veranstaltern beim Essen saßen, blieb Pearl umgeben von einer Hülle Unnahbarkeit, stocherte in ihrem Essen, als müsste sie es auf kleinste Details untersuchen, und war in der sie umgebenden Gesellschaft schnell vergessen. Isabelle dagegen plauderte, und mit einigem Vergnügen sah ich, dass sie eigentlich den Part von Pearl übernahm, über Proben, Trainings, die Stückentwicklung so selbstverständlich Auskunft gab, als gehörte es zu ihrer Aufgabe, neben der Technik auch die Öffentlichkeitsarbeit zu betreuen.

Das Hotelzimmer war einfach eingerichtet, das Bett breit genug und ich froh, mich endlich hinlegen zu können.
– Ich habe einmal gepatzt, sagte Isabelle, bei der Szene vor den qualvollen Verrenkungen. Ich kam zu spät mit dem Lichtwechsel. An der Tonanlage blinkte eine Lampe auf, die mich ablenkte, und so verpasste ich den Einsatz.
– Das merkt man als Zuschauer nicht …
– Nein, sagte sie, aber Pearl merkt es und ist irritiert.
Isabelle redete weiter, als müsse sie auch mir noch Auskunft über ihre Arbeit geben.
– Ich muss die Vorstellung führen, die Impulse durch Licht und Ton geben, damit ein Rhythmus abgestimmt zur Musik entsteht, auf den Pearl bauen kann.
Nur von sehr fern hörte ich noch Isabelles Stimme, es käme auf das Feingefühl an, die Schieber am Mischpult so in die nächste Position zu bringen, dass die Wechsel fließend, als solche für das Publikum nicht wahrnehmbar seien …

## 14

In den ersten Wochen war von Marker, dem von Ferballaix eingesetzten »gunman«, nicht viel zu sehen. Er hielt sich in der Dépendance des Instituts auf, in der neben Martins Schulungsabteilung auch die Buchhaltung untergebracht war. Offenbar prüfte er als Erstes die Finanzen des Instituts.

– Wie kommt der dazu, was hat der überhaupt hier zu suchen!

Karlen, unser Buchhalter, war genau, korrekt und dazu auch unnachgiebig in Budgetfragen. Unregelmäßigkeiten, die Lavetz belasten konnten, würde Marker in der Buchhaltung nicht finden. Folglich kam er öfter ans Institut, und begann mit der Befragung der Mitarbeiter zu den Gerüchten von Lavetz' Fehlverhalten gegenüber Angestellten. Als Erstes nahm er sich die Leute der neuen Abteilung vor, die zu Lavetz hielten und in Marker ihren Feind sahen. Sie verweigerten jegliche Auskunft, wussten von nichts und würden auch nichts sagen, falls sie von etwas Kenntnis hätten. Marker setzte sie unter Druck, drohte mit Versetzungen, Herabstufung oder Kündigung – packte sein ganzes Instrumentarium an Einschüchterung aus, ohne Erfolg. Die Mitarbeiter der neuen Abteilung waren fest in Lavetz' Hand.

Martin Schwarz-Egersheim verhielt sich neutral. Thematisch lag seine Abteilung auf Markers Linie, und sie arbeitete in ihrer Dépendance eigenständig, vom Institut und von Lavetz' unmittelbarem Einfluss getrennt. In meiner Abteilung wurden die Projektleiter und auch die Sekretärinnen befragt, ich aber blieb zunächst unbehelligt. Doch nach ein paar Tagen stand Marker auch in meinem Büro. Wann ich Zeit hätte? Er würde mich gerne ins Restaurant Seeblick zum Mittagessen einladen.

Der Tisch war im Wintergarten reserviert, und Marker gab sich vor dem Ausblick auf das Seebecken und die Stadt aufgeräumt. Wir plauderten von belanglosen Alltagssachen, ließen uns vom »Wagen« das Spezialmenü servieren, tranken einen leichten Roten von den Weingärten am anderen Seeufer. Erst beim Soufflé fragte Marker, was ich von der Kündigung Ben Seymours gehalten habe, dann sei da noch die Geschichte mit einer Mitarbeiterin gewesen, habe sie nicht Schelbert geheißen … Ich war auf der Hut und versuchte, anhand seiner Fragen herauszufinden, wie viel Marker wusste, und das war mehr, als Lavetz lieb sein konnte. Den Koch, der zur Gründerin gelaufen war, erwähnte Marker mit keinem Wort.

– Es gab einen Abend, an dem Herr Lavetz die Mitarbeiter zu sich ins Haus eingeladen hatte. Was war da geschehen, weshalb hatte die Sekretärin von Herrn Wiedemann gekündigt …

Ich vermutete, dass Gerda geplaudert hatte. Aus innerem Zwang, sich dem Höhergestellten dienlich zu zeigen und ihn sich zu verpflichten. Doch ich tat ihr unrecht. Theo, ein junger Teilzeitangestellter, der für die Archivierung der Tagungen eingestellt worden war, hatte auf eigenen Wunsch hin Marker aufgesucht. Unmoral gälte es aus christlicher Sicht zu bekämpfen, wie er sagte, und so erzählte er Marker, was immer er an Anrüchigem gehört hatte. Er war der Erste und bisher Einzige, der das Schweigen brach, und wenn Marker jetzt auch einen Zeugen für Lavetzs Übergriffe hatte, so mussten die belastenden Aussagen durch jemand Gewichtigeren als einen jungen Christen in Teilzeitstellung bestätigt werden, um gegen Lavetz nützlich zu sein. Und dieser Gewichtigere sollte ich sein.

Falls Marker erwartet hatte, ich würde Auskunft auf seine Fragen geben, so hatte er sich getäuscht. In die Falle, mich zum Parteigänger Ferballaix' und Gegner Lavetz' zu machen, ließe ich mich nicht locken. Hinter beiden konnte ich nicht vorbehaltlos stehen.

– Geredet wird unter Angestellten viel, sagte ich zwischen zwei Löffeln Soufflé, und selbstverständlich kenne ich all die Gerüchte, die herumgeboten werden. Geschichten vom Hörensagen. Wer aber war dabei und ist heute noch am Institut?

Marker lächelte. Er hatte Sinn für Antworten, mit denen man sich aus der von ihm ausgelegten Schlinge zog.

Das musste man ihm lassen.

# 15

Lavetz wollte, dass ich ihn begleite. Er sei eingeladen, einen Vortrag während der jährlichen Konferenz der Schweizerischen Arbeitnehmerverbände zu halten, eine Veranstaltung in Bern, bei der an die tausend Leute teilnähmen und über die die Presse berichten würde. Ich könne Fragen von Journalisten zu Markers Aufgaben am Institut beantworten.

– Wir müssen klarstellen, dass es der Wilfors einzig darum geht, die kritische Stimme des Instituts zum Schweigen zu bringen.

Wir fuhren am späten Vormittag ab, Manf chauffierte in gewohnt riskanter Fahrweise und unter gemurmelten Kommentaren wie »Hast du auch mehr als einen Gang, fahr schon, wir sind hier nicht beim Erdbeersammeln«.

Während Manf auf der Autobahn konstant das Tempolimit überschritt, hupte und drängelte, redete Lavetz ununterbrochen. Ferballaix greife im Konzern eisern durch und wolle die Wilfors zum größten Konzern der Lebensmittelbranche machen. Alles, was zur Wilfors gehöre, müsse Gewinn bringen, eine Vorgabe, die sich auf die kulturellen Zweige des Unternehmens verheerend auswirke. Sie seien von Al Balt als Dienst an der Gesellschaft gegründet worden und nicht, um Profit zu machen.

– Doch eben dieser Dienst existiert im Weltbild eines Ferballaix nicht, für ihn gibt es keine Gesellschaft, sondern nur Konsumenten. Der Markt ist der neue Diktator, der über alles gebietet und nicht in Frage gestellt werden darf …

Ich konnte nicht ahnen, dass sich Lavetz auf der rund zweistündigen Fahrt warm redete. Er brachte sich innerlich in Schwung, denn wie sich zeigen würde, hatte er sich vorgenommen, die Wirtschaft und mit ihr die Wilfors frontal anzugreifen.

Der Saal war dicht besetzt, Reihe um Reihe verlor sich im Dunkel, ließ eine Empore erahnen, während die Bühne in ein grelles Licht getaucht war. Ein Redner hatte zuvor über die zunehmende Mobilität gesprochen, die eine Harmonisierung der Arbeitsverträge nötig machte. Die meisten Zuhörer saßen schläfrig in ihren Sesseln, als Lavetz ans Mikrophon trat. Er schaute ins Publikum, schwieg, bis ein Räuspern und Rücken zu hören war. Erst dann sagte er ruhig, doch mit dem Unterton eines Bedauerns über die allgemeine Unkenntnis im Saal:

– Sie wollen eine Harmonisierung der Arbeitsverträge? Eine Anpassung an die heutige Mobilität? Die Vereinheitlichung der Vorschriften? Sie werden all das bekommen. Doch nicht von Behörden und kantonalen Departementen, durch keine freiheitlichen und rationalen Beschlüsse, sondern aus ökonomischem Zwang. Woher ich das wissen will? Ich bin ein Mann der Wirtschaft. Ich kenne sie, und ich werde Ihnen sagen, zu was man Sie machen wird, ohne dass Sie die leiseste Chance haben, sich zu wehren: zu Leistungsträgern, die Vorgaben zu erfüllen haben ...

Ich stand seitlich beim Bühnenaufgang. Ich hatte sowohl Lavetz wie den Saal im Blick. Die einleitenden Sätze bauten eine spürbare Spannung auf, versetzten die Zuhörer in einen angeregten Zustand. Dieser steigerte sich zur Faszination mit jedem »Wollen Sie wirklich, dass« und wurde mit dem nachfolgenden »Sollten Sie nicht lieber«, das Lavetz in den Saal schleuderte, zur lauten Zustimmung.

– Sie haben keine Chance, außer Sie kämpfen für Ihre Familie, für eine neue Generation, gegen die Wirtschaftsbosse, für die Freiheit und gegen eine Wirtschaft, die alle Bereiche unseres Lebens einer totalen Ökonomisierung unterwirft.

Die Stimmung im Saal hatte sich verwandelt. Lavetz strahlte Ruhe und Souveränität aus, besaß Charisma, und seine Rede wühlte die Menschen im Saal auf. Endlich erkannte man die Ursachen eigenen Unbehagens, wurden die Verursacher benannt, kannte man den Gegner.

Lavetz bekam am Ende Bravo-Rufe und eine »standing ovation«. Man hoffe, die Rede gedruckt lesen zu dürfen, sagte der Tagungspräsident, und in der Pause wurde ich von Journalisten bestürmt: Die Rede sei doch eine offene Kampfansage an die Wilfors und deren neuen Chef gewesen, und ob es stimme, dass Lavetz wegen seiner kritischen Haltung im Konzern unter Druck stehe?

Während ich versuchte, möglichst unverbindlich Auskunft zu geben, von einer allgemeinen Überprüfung der verschiedenen Unternehmenszweige der Wilfors sprach, zu denen auch das Institut gehöre, entdeckte ich in der Menge Fania, eine Tasse Kaffee in der Hand. Sie stand etwas verloren im Gedränge, und ich entschuldigte mich bei den Presseleuten, kämpfte mich zu ihr durch.

– Was machst du als leitende Ärztin an einer Konferenz der Angestelltenverbände?

– Ich habe dich gleich zu Beginn beim Bühnenaufgang bemerkt.

– Was meine Frage nicht beantwortet.

– Ich wollte Werner einmal hören.

Werner? Am Institut war er LAV, nach seinem Kürzel, oder eben Lavetz. Doch niemand nannte ihn Werner, schon weil er seinen Vornamen selbst nicht mochte.

– Und? Gefiel er dir?

– Es ist wichtig und nötig, dass jemand sagt, was augenblicklich geschieht und uns alle betrifft. Es zählt nur noch die Rentabilität. Auch bei uns in der Klinik.

Sie blieb mit dieser Ansicht nicht allein. Das Presseecho war überwältigend, und Lavetz sagte zwei Tage später in der Kaffeepause, nachdem er die Zeitungen durchgesehen hatte, der Erfolg überrasche ihn. Seine Rede sei tatsächlich in allen Landesteilen wahrgenommen worden. Und während Marker seinen staubigen Blick in die leere Kaffeetasse senkte, fügte Lavetz hinzu, er habe bereits eine weitere Einladung erhalten – als Hauptreferent bei der Jahrestagung des Schweizerischen Verleger- und Medienverbandes. Marker hatte allen Grund, im Kaffeesatz zu lesen. Bei Lavetz' wachsender Popularität würde er es schwer haben, gegen ihn vorzugehen. Und ich begriff, dass Lavetz genau darauf abzielte.

# 16

Ferballaix tat alles, um Lavetz' provokative Thesen zu bestätigen. Er hatte verfügt, die von Al Balt gegründete Zeitung wegen zu geringer Auflage einzustellen, und Lavetz brauchte den Namen der Zeitung in seinem Vortrag bei der Jahrestagung des Schweizerischen Verleger- und Medienverbandes nicht zu nennen, im Publikum wusste jeder, welche gemeint war: eine Zeitung, wie Lavetz in seinem Vortrag behauptete, mit einem europaweit beachteten Feuilleton, das von Intellektuellen vom Schlag eines Martin Reichert und Ernst Jankler geleitet worden sei, ein Forum der Kritik und ein Ort für junge Schriftsteller und Journalisten, ihre ersten Arbeiten zu publizieren. Auch sei der konzerneigene Buchklub bedroht, und Lavetz nannte außerdem die Kürzung der kulturellen Förderprogramme als einen weiteren Beleg für die Hauptthese, dass eine einzig auf Profit orientierte Wirtschaft zutiefst kulturfeindlich sei.

Lavetz' Vorträge, die er in der Folge zu verschiedenen Anlässen hielt, erschienen als Buch, ein Bestseller, dem bald ein zweiter Sammelband folgte. Lavetz war Gast in Talkshows, nahm als Prominenter in Quiz- und Unterhaltungssendungen im Fernsehen teil, wurde zu politischen Diskussionsrunden eingeladen.

Marker blieb zwar Co-Leiter, doch am Institut gab es für ihn vorläufig nichts mehr zu tun. Gegen Lavetz vorzugehen, war zur Zeit undenkbar.

War Lavetz' Kritik anfänglich vertretbar und griff Problemfelder auf, die ich in meiner »Konsum-Tagung« hatte behandeln wollen, wurde er in seinen Vorträgen von Mal zu Mal extremer. Aus kritischen Aussagen wurden Gewissheiten, aus Gewissheiten Glaubenssätze. Alle paar Wochen flatterten Anweisungen in unsere Ablagefächer: »Bitte Belege suchen für folgende Aussagen«, und es folgte ein Katalog von Behauptungen, die wie Pop-Rock klangen: Wollen Sie, dass ... Wollen Sie, dass ... Wollen Sie, dass ... Sollten wir nicht ... Sollten wir nicht ... Sollten wir nicht ... Wir müssen müssen müssen ... Egal, welches Thema, die Vorträge führten als Litanei zur immer gleichen Schlussfolgerung: Das Übel war die Wirtschaft, die Wirtschaft, die Wirtschaft. Lavetz gab sich als mutiger Überläufer, als Enthüller ihrer Machenschaften, und da er noch immer der Leiter des Instituts war, das für das Erbe des Gründers stand, galt er schon bald als der neue Al Balt, ein Kämpfer gegen die Macht der großen Konzerne, und dieser Ruf war die tiefste Kränkung, die Lavetz seinem Kontrahenten zufügen konnte. Ferballaix hatte genau das werden wollen, als was Lavetz jetzt galt, während er zum Beispiel eines Managers geworden war, der die sozialen und kulturellen Errungenschaften, wie sie der Gründer der Wilfors geschaffen hatte, skrupellos zerstörte.

An den Montagssitzungen im zwölften Stock des Hauptsitzes der Wilfors nahm Lavetz schon eine Weile nicht mehr teil. Ich wurde an seine Stelle delegiert und hatte in Anzug und Krawatte im Kreis der Departementsleiter zu erscheinen. Mein Auftrag war, über die Seminarien, Tagungen und Kongresse zu informieren. Der Name Lavetz war tabu, und sollte ihn einmal einer der Departementsleiter erwähnen oder nachfragen, was man gegen diese Negativwerbung unternehmen wolle, blockte Ferballaix die Diskussion sofort ab: Nicht unser Problem. Die Wilfors ist zu keiner Stellungnahme verpflichtet. Nous ne sommes pas du tout obligés. Mais, und dieses Aber leitete einen Auftrag ein, der mich betraf: Ich solle einen internationalen Kongress zum Bericht des Club of Rome organisieren, was seit seiner Publikation geleistet worden sei, was nicht, er werde als Referent teilnehmen.

Ich würde mich bemühen, die Institutsleitung von dem Projekt zu überzeugen.

– Es ist kein Wunsch, es ist eine Anweisung.

– Ich werde es ausrichten.

Noch nie hatte es eine Order von der Wilfors gegeben, und ich war mir sicher, Lavetz würde Ferballaix' Wunsch nach einem Kongress zum Bericht des Club of Rome schon aus Prinzip ablehnen. Doch er war begeistert, trommelte die Projektleiter zusammen, verkündete das neue Projekt, und ich und meine Mitarbeiter mussten »sofort loslegen«.

Oftmals an Wochenenden fuhr ich zu Pearls Auftritten, half nach der Vorstellung beim Bühnenabbau, der bis tief in die Nacht dauerte. Wenn wir endlich zwischen zwei und drei Uhr früh zu Hause waren, setzten Isabelle und ich uns noch für ein Glas Wein an den Küchentisch. In den dunklen Scheiben spiegelte sich das Licht, die Stille vor dem Fenster war wohltuend, und wir redeten über die Vorstellung, über Pearl, »wie sie denn heute gewesen sei«, darüber, dass es für die Scheinwerfer zu wenig Raumhöhe gegeben hatte, »ich deshalb die Schatten im Hintergrund nicht wegbrachte«, und sprachen auch von Leuten, die im Publikum gewesen waren.

Pearl plane eine neue Produktion, und sie habe heute nach der Vorstellung gefragt, ob ich die technische Leitung übernehmen wolle ...

– ... das heißt, von allem Anfang an dabei sein, und beim Licht- und Tonkonzept mitarbeiten.

– Und du hast hoffentlich zugesagt.

– Thyl, ich werde mehr und mehr ein Theatermensch.

Wie auch ich einer geworden bin, sagte ich. Ich hätte den Auftrag, einen internationalen Kongress zum Bericht des Club of Rome zu »inszenieren«.

– Im Unterschied zu deiner und Pearls Arbeit jedoch weiß ich nicht, wer was mit diesem Kongress bezweckt, denn es geht nicht um die Grenzen des Wachstums, wie ich vermute, sondern um das, wozu man die Veranstaltung benutzen kann.

Und das war mir unklar. Was wollte Ferballaix mit dem Kongress für sich oder die Wilfors erreichen, und was Lavetz? Weshalb hatte er sofort zugestimmt? Wohl nicht aus dem gleichen Grund wie Ferballaix, der einen Auftritt auf dem Kongress haben wollte.

– Hält unsere Liebe diese doppelte Belastung aus, dass auch ich Tage, manchmal Wochen unterwegs sein werde?

Isabelle sah mich aus müden Augen an.

– Ich hoffe es, sagte ich.

– Du bist also einverstanden, dass ich Theatertechnikerin zu meinem Beruf mache?

– Selbstverständlich bin ich das – und ob unsere Beziehung die Belastung aushält, werden wir wissen, wenn wir tun, was wir glauben, tun zu müssen.

# 17

Serge schrieb, sein Vater sei im Krankenhaus, er werde untersucht, und seine Mutter habe ihm mitgeteilt, sein Zustand sei ernst. Er plane, für ein verlängertes Wochenende in die Schweiz zu kommen. Ob wir uns sehen könnten? In der Klosterstube?

Er kam an einem Freitagnachmittag, ich holte ihn am Flughafen ab und brachte ihn in sein Hotel. Nein, wir gingen nicht mehr zur Klosterstube. Wir setzten uns in die Hotelbar. Serge hatte diese amerikanische Sitte angenommen, vor dem Essen einen oder zwei Drinks zu nehmen, während ich mich gut schweizerisch an ein Glas Weißwein hielt. Für ihn sei Europa keine Option mehr, er werde in Amerika bleiben, obwohl das Arbeiten schwieriger geworden sei. Leistungsorientierte Vorgaben und Einsparungen erhöhten den Druck auf die Projekte, von denen viele, die ich vor zwei, drei Jahren noch in Kalifornien gesehen habe, beendet worden seien. Die Entwicklung ginge in Richtung Privatisierung und kurzfristiger Rentabilität.

– Da triffst du dich ja mit unserem Institutsleiter. Lavetz ist zu einem begehrten Redner geworden. Inzwischen ist er tatsächlich eine Berühmtheit.

Fania habe ihm einen Vortrag geschickt, lediglich mit dem Vermerk »wird dich interessieren«.

– Aber entschuldige, wenn ich direkt bin, sagte Serge. Was ich gelesen habe, ist »Stammtischgerede«. Dein Institutsleiter ist genau der Typ, den Jacob Burckhardt Ende des 19. Jahrhunderts in einem Brief als eine gesellschaftliche Bedrohung bezeichnet hat: ein »terrible simplificateur«, ein schrecklicher Vereinfacher. Was um Himmels willen findet Fania an so einem Schwätzer …?

– Sie ist seine Geliebte.

Das hätte ich meinem Freund nicht antun dürfen, zumal ich mir auch nicht sicher war und wusste, wie sehr er noch immer an Fania hing. Doch die Worte waren gesagt, und sie trafen Serge hart. Er saß auf dem Hocker, stumm, starrte auf die in violettem Licht aufgereihten Flaschen. Dann stand er auf, sagte zum Barkeeper:

– Setzen Sie alles auf meine Rechnung.

Und verschwand auf sein Zimmer.

# 18

Es war am Institut ein ungeschriebenes Gesetz, dass niemand von uns, weder der Institutsleiter noch ein Projektleiter, bei einem Kongress selbst auftrat. Lavetz wusste, dass ich mich gewehrt hätte. Wenn es auch ein Auftrag war: Der Kongress zum Bericht des Club of Rome war mein Kongress. Weil ich wusste, dass Ferballaix viel an der Veranstaltung lag, gab ich ihm zwei Auftritte, eine kurze Begrüßung zu Beginn und ein Referat am zweiten Tag, im Block mit den wirtschaftlichen Möglichkeiten begrenzten Wachstums. Lavetz war in keinem Teil des Programms vorgesehen. Doch er musste sich vorgängig mit dem Tagungsleiter abgesprochen haben, um an dessen Stelle die Einleitung zu halten. Er trat überraschend ans Mikrophon, sprach zehn Minuten, und sein Statement zielte auf die Figur allen Übels, deren typisches Beispiel nach ihm die Bühne betreten würde: Ferballaix. Und dieser trat ans Rednerpult, hob ein Zettelchen hoch, und in der Stille hörte man die Kameras der Journalisten klicken.

– Messieurs, Mesdames, ich wollte Sie begrüßen und willkommen heißen. Doch das hat Herr Lavetz, Leiter dieses Instituts, bereits bravourös getan, wofür ich ihm danke. Er hat damit deutlich gemacht, welche Spannweite an unterschiedlichen Auffassungen in einem modernen Unternehmen bestehen. Sie sind wichtig, und wir müssen die Kritik ernst nehmen und ihre Argumente prüfen, auch wenn sie nicht immer auf Sachkenntnis beruht. Ein kleiner Kern Wahrheit ist immer zu finden und sollte uns Ansporn sein. Machen wir die Kritik, die ja auch der Bericht des Club of Rome vor schon beinahe zehn Jahren formuliert hat, zum Ausgangspunkt unseres Zusammenseins, um herauszufinden, wie wir die Grenzen des Wachstums finden und einhalten können.

Lavetz hatte sich nach seiner unvorhergesehenen »Einleitung« in sein Haus zurückgezogen und ließ sich während des Kongresses nicht mehr blicken. Seine Kritik des modernen Managers wurde weder diskutiert noch von der Presse nach dem Kongress erwähnt. Was immer Lavetz mit seinem Auftritt bezweckt hatte, er blieb unbeachtet. Er hatte vor Managern gegen Manager polemisiert. Doch dann stand Aurelio Peccei, Chef der Fiat-Werke, Präsident des Club of Rome, auf der Bühne, eine Persönlichkeit von souveräner Ausstrahlung, gescheit, differenziert, alles andere als ein machtbesessener Egozentriker. Er sprach über die Vision einer künftigen Forschergemeinschaft verschiedener Disziplinen, und seine Ausführungen zeugten von gesellschaftlichem Engagement. Auch andere Namen aus dem Umfeld des Club of Rome beeindruckten mit ihren Beiträgen, Berühmtheiten wie Alexander King, Dennis und Donella Meadows, Eduard Pestel oder Jan

Tinbergen. Lavetz musste verblendet gewesen sein, sich mit seinen Pauschalurteilen und der persönlichen Ranküne dem Chef der Wilfors gegenüber – Leuten von diesem Format voranzustellen. Er konnte nur verlieren, und schlimmer, seine Aussagen hörten sich wie die Behauptungen von jemandem ohne wirkliche Kenntnisse an.

Ich hatte beim Treffen auf Schloss Maischburg beobachtet, wie Ferballaix sich bemüht hatte, vom inneren Kreis der geladenen Bank- und Industriechefs anerkannt zu werden. Es hatte ihn gekränkt, bei der Schlussfeier nur einen Platz im unteren Drittel der Tafel erhalten zu haben, und ich hatte mir ausgerechnet, es werde ihm während meines Kongresses ähnlich ergehen. Auch bei diesem Schlussdinner säße er nicht beim illustren Kreis meiner Referenten, doch ich hatte mich geirrt. An der Seite von Aurelio Peccei strahlte er über seinen Erfolg, und den hatte sich Ferballaix verdient. Wer immer den Vortrag für ihn verfasst hatte, es war eine exzellente Arbeit. Selbstironisch und kritisch zeichnete er sehr differenziert das Dilemma, aus ökonomischen Zwängen wachsen zu müssen und gleichzeitig das Zerstörerische dieses Wachstums durch Produktmanagement und technische Innovation zu kompensieren. Ferballaix trug diese Analyse ruhig, souverän und in einem eindringlichen Kontakt mit dem Auditorium vor. Verblüfft hörte ich in der Technikerkabine zu. Der Mann hatte Format, und dieses ließ Lavetz klein und windig aussehen.

Lavetz' Verhalten beschäftigte mich. So notierte ich am Ende des Kongresses in mein Notizbuch:

»Erkenne die Lage«
*Was für ein Fehler, sich dem direkten Vergleich auszusetzen. Nicht, dass dadurch Lavetz' Ruf bereits entscheidend gelitten hätte. Doch Magie erträgt keine Ernüchterung, und der feine Haarriss, der sich durch sein Auftreten in seine suggestiven Beschwörungen gezogen hat, wird sich weiten und später als der Wendepunkt in Lavetz' Karriere erkennbar werden. Eine Weile wird die Kurve der Popularität noch steigen, dann abflachen, zuletzt steil stürzen. Seine Thesen werden sich verbrauchen, und er wird einen weiteren, größeren Erfolg brauchen, um seine Stellung halten zu können.*

# 19

Isabelle war oft zwei, drei Wochen auf Tournee, kam in Länder wie Armenien oder Burkina Faso, von denen sie schwärmerisch erzählte. Nicht nur von den Landschaften war sie begeistert, sie kam mit außergewöhnlichen Menschen zusammen, Regisseuren, Tänzern, Bühnenarbeitern. Sie wurde nach der Vorstellung herumgereicht, man lud sie ein, anerbot sich, sie und Pearl zu der einen oder anderen Sehenswürdigkeit zu fahren, schließlich wollte man den Gästen etwas vom Land, seinen Bräuchen und Schönheiten, zeigen: Pearl und Isa (wie man Isabelle nannte) wurden wie Berühmtheiten behandelt, denen alle Aufmerksamkeit gehörte, und das stärkte Isabelles Selbstbewusstsein, zumal den Leuten, mit denen sie zusammenarbeitete, nicht entging, dass sie eine attraktive Frau war.

Ich saß oft am Abend in einem Jazzlokal, nur um nicht zu spüren, wie elend ich mich fühlte. Ich wusste nicht, wo genau Isabelle sich aufhielt, konnte mir ihre Umgebung nicht vorstellen und war in allem auf Vermutungen angewiesen. Möglicherweise würde ich mit ihren neuen Bekannten verglichen, und ich war mir nicht sicher, dem Vergleich standzuhalten. Die eifersüchtigen Ängste und der Machtkampf am Institut lähmten mich, ließen mich in ein Dunkel abgleiten, in dem nichts mich noch berührte. Bedrückt schleppte ich mich durch den Alltag.

Was ließ sich dagegen tun? Ich tat, was Schweizer in dem Fall tun: Ich fuhr in die Berge.

Unter dem Breithorn und dem Wasserfall der Weißen Lütschine lag das Berghotel, in dem ich in der Kindheit Ferien verbracht hatte, das erste Mal mit den Martons. Vater liebte die Berge. Der Ort war abgeschieden und ruhig. Außer ein paar Berggängern, die sich noch mal verköstigten, ehe sie in die höheren Regionen aufbrachen, und dem Maultierführer, der Waren und Post brachte, geschah den ganzen Tag nichts. Die Lütschine rauschte, dumpf grollend rollten die Steine im reißenden Wasser, und in dem schmalen Himmelsstück zwischen den Berghängen schwammen die Wolken. Mit Vater streifte ich durch die Wiesen, in der Hand ein Bestimmungsbuch alpiner Flora, Mama hatte ihren Liegestuhl zwischen bemoosten Felsbrocken aufgestellt, und jeden zweiten Tag ließen wir uns einen Proviant richten und stiegen am Ende des Tals den Säumerpfad hoch.

Würde es den Bergahorn noch geben, stünde er noch hinter dem Berghotel, mit graufleckigem Stamm und Flechten an den Ästen?

Ich packte flüchtig eine Tasche und kam am späteren Nachmittag in dem Dorf an, von dem aus der Pfad zum Berghotel hinaufführte. Dass es jetzt eine Straße gab, auch wenn sie für den Verkehr gesperrt war, irritierte mich. Würde ich das Berghotel noch so erhalten vorfinden, wie ich es erinnerte?

Die alten Öllampen gab es in den Fluren an den Wänden entlang nicht mehr, sie waren von Gästen gestohlen worden, wie mir der Besitzer sagte. An ihrer Stelle waren schwache elektrische Leuchten angebracht. Doch im Zimmer stand wie damals eine Waschkommode mit Schüssel und Wasserkrug, die Bettdecke wölbte sich dick in gewürfeltem Überzug, und nur anstelle der Kerze auf dem Nachttisch stand jetzt ein Lämpchen, dessen Licht kaum heller als das einer Kerze war.

Außer zu den Mahlzeiten verließ ich das Zimmer kaum. Das Wetter hatte umgeschlagen, Wolkenbank um Wolkenbank schob sich ins Tal. Sie hingen tief zwischen den Felswänden, die dunkel aufragten, bildeten außerhalb des Zimmers eine noch größere Kammer, die erfüllt von Nässe, Tropfen, ziehenden Nebeln war. Ein Regenglanz lag auf den Blättern des Huflattichs in der Wiese, und der Wasserfall am Ende des Tals ließ sich unter den gipfellosen Bergen nur erahnen.

Ich lag auf der Matratze, lauschte dem Prasseln des Regens. Ich war hierher gefahren, weil mir kein anderer Ort eingefallen war, an den ich mich zurückziehen konnte. Während ich nur ruhig daliegen wollte, an nichts und niemanden denken, kamen die Erinnerungen an die Aufenthalte in der Kindheit zurück. Ich sah meinen Vater, in Knickerbockern, Wanderschuhen, mit offenem Hemd.

Er war hier glücklich gewesen und hatte in dem Bergtal ein Echo auf seine besten Jahre gefunden. Als Achtzehnjähriger war er wegen einer beginnenden Tuberkulose in die Berge geschickt worden, und in dem kleinen Dorf in den Berner Alpen erlebte er seine Zauberbergzeit. Die Krankheit befreite ihn von den Alltagszwängen, und er entdeckte Interessen und Fähigkeiten, von denen er bisher nichts geahnt hatte. Er lernte einen Pianisten kennen, der ihm Mozarts Klavierkonzerte näherbrachte, besonders das vierundzwanzigste, das er liebte; befreundete sich mit einem Maler, der ihn mit dem Licht vertraut machte; begleitete einen jungen Biologen auf Exkursionen und lernte, auf die Schönheiten der Tier- und Pflanzenwelt zu achten. Bei all diesen ihm unbekannten Beschäftigungen merkte er, dass er für die Geschäftswelt, auf die er vorbereitet wurde, nicht geschaffen war, er eine unpraktische, untaugliche Seite besaß, die ihn hinderte, wie Mama später sagte, »sich im Alltag zurechtzufinden«. Als wir hier die Ferien verbrachten, er längst die berufliche Tätigkeit ausübte, die ihm nicht lag – die Leitung der Keramik-Werke – , war undenkbar gewesen, dass er eines Tages vom Chauffeur nach Hause gebracht würde, ich ihn als einen gedemütigten Mann sehen müsste.

Während ich auf dem Bett lag, in einer Kammer unter wolkenverhangenen Gipfeln, in der kalten, vom Regen ausgewaschenen Luft, begriff ich, dass mein Verhalten sowohl Lavetz wie Ferballaix gegenüber noch immer durch die Kindheitserinnerung an Vaters Zusammenbruch bestimmt war. Mich »nicht wie Vater erwischen zu lassen«, dieser trotzige Entschluss eines verletzten Jungen wirkte noch nach, machte mich vorsichtig und skeptisch gegen beide, die als Chefs genau zu den Leuten gehörten, vor denen ich glaubte, mich hüten zu müssen. Doch hier im Berghotel meiner Kindheit musste ich mir eingestehen, dass ich schon lange, vielleicht seit Anfang meiner Tätigkeit am Institut benutzt wurde, ich eine Figur in einem Machtspiel war, wie Vater damals auch. Ich dachte an London, wie die Karten auf einer Kartonkiste hin und her geschoben worden waren und ich trotz Wissen, dass es um Betrug ging, betrogen wurde. Auch ich war von einem Projekt zum anderen, von einer Position in die nächste verschoben worden. Mitspielen wie noch zu Beginn, mochte ich nicht mehr, doch herausfinden, welchen Wert ich hatte und gegen wen ich ihn besaß, ob Joker oder Ass, und wer am Schluss der Betrogene sein würde, das wollte ich.

## 20

Ich war in den Tagen vor dem verlängerten Wochenende im Bergtal, oft länger im Büro geblieben. Isabelle war mit den Endproben der neuen Produktion von Pearl in Genf beschäftigt. Niemand erwartete mich zu Hause. Gegen zehn Uhr an einem Abend ging ich in die Farnegg und hoffte, noch eine warme Mahlzeit zu bekommen. Zu meiner Überraschung saß Sabine allein bei einem Glas Tee und las in einem Stoß Blätter. Sie habe sich mit Freunden getroffen und warte nun auf den Bus, der sie zurück zur Stadt bringe. Die Wohnung nahe beim Institut habe sie nach der Kündigung aufgegeben, sei gereist, habe Leopold Kohr in Wales besucht. Jetzt arbeite sie in einem Verlag, froh, nichts mehr mit dem Institut zu tun zu haben, wenn sie auch neugierig sei zu erfahren, was sich seit ihrem Weggang ereignet habe. Es wurde spät. Ich anerbot mich, sie nach Hause zu fahren, und blieb die Nacht bei ihr. Doch diesmal war es kein unabsichtliches Geschehen einer rein körperlichen Anziehung wie mit Fania während unserer Ferien in Finnland. Sabine sprach etwas Unerfülltes an, als berühre ihre vornehme, integre Art eine tiefe Sehnsucht nach einem reineren, würdigeren Leben. Es würde nicht bei dem einen Mal bleiben, aus der einen Nacht würde ein Verhältnis werden, das die Beziehung zu Isabelle gefährdete. Darüber nachzudenken, war der zweite Grund, weshalb ich im Berghotel an die Decke starrte.

Als der Regen nachließ, stieg ich den Pfad über der Lütschine hinab ins Tal, ohne eine Entscheidung aus der Höhe mitzunehmen. Ich würde weiter meine Arbeit am Institut machen, die Rolle spielen, die mir zugedacht war, und bei Sabine übernachten, wie ich es heute Abend voraussichtlich tun würde. Ich hatte mich entschieden, nichts zu entscheiden, auch wenn mir Gottfried Benns Satz vage gegenwärtig war, dass dies bedeute zu warten, »bis die Natur eingreift, ein menschenunwürdiges Unterfangen«.

Doch es war nicht die Natur, die eingriff. Während ich ahnungslos talabwärts fuhr, hatte sich bereits entschieden, was ich glaubte, noch aufschieben und wie bisher weitermachen zu können.

Sabine war nicht zu Hause. Die Zeitung vom Morgen steckte im Briefkasten. Da ich noch nichts gegessen hatte, von der langen Fahrt eine Leere in mir spürte, suchte ich ein Restaurant auf, nahe von Sabines Wohnung, eine Quartierbeiz. Es gab kaum Gäste, außer einer Runde älterer Männer am Stammtisch, die sich langsam, unter lärmenden Behauptungen, betrank. Das Cordon bleu mit Pommes frites machte wenigstens satt, und nachdem ich das Bier ausgetrunken hatte, sah ich nochmals bei Sabines Haustür vorbei. Noch immer steckte die Zeitung im Schlitz des Briefkastens, und der Anblick versetzte mir einen Stich Eifersucht.

Ich fuhr nach Hause. Unsere Wohnung empfing mich kühl und unbewohnt. Ich blickte von der Tür in die dunkle Reglosigkeit des Zimmers, in der einzig ein kleines, rotes Licht am Telefonbeantworter blinkte.

## 21

– Thyl, ich habe schlechte Nachrichten – Pearls Stimme. Isabelle hatte einen Unfall. Sie ist im Genfer Krankenhaus und wird untersucht. Morgen weiß ich mehr. Hier noch meine Telefonnummer. Es tut mir leid.

Knack. Stille. Das rote Licht erlosch.

Warum hatte Pearl nicht gesagt, was passiert ist? Sie jetzt anrufen? Es war nach Mitternacht, und wenn sie mehr hätte sagen wollen, hätte sie es getan.

Ich legte mich aufs Bett, schlaflos. In zwei Stunden wollte ich losfahren, gegen sieben Uhr in Genf sein, Isabelle sehen und mit den Ärzten sprechen.

Die Fahrt war eine Reise entlang von Erinnerungen, als wäre mein bisheriges Leben durch die Nachricht von Isabelles Unfall zu etwas Vergangenem geworden, das sich von der Gegenwart abzulösen begann. Ich kam am Gymnasium vorbei, dessen alte Gemäuer dunkel in einem Park über dem Fluss standen, dachte an Bruno Staretz, an unsere Treffen im Café, fuhr durch die Gegend, in der ich mit Serge Fossilien gesucht hatte, durchquerte das Tal, wo unterhalb Ruhrs und oberhalb das Dorf von Isabelles Eltern lag, fuhr an der Stadt unserer sonntäglichen Besuche bei den Großeltern vorbei, gelangte an den Ort, an dem ich als Schüler einen Französischkurs besucht und Rimbauds Gedichte entdeckt hatte, erreichte schließlich den Genfer See, jenen Landschaftsbogen, der für mich mit den Namen großer Künstler verbunden war: Clara Haskil, Rousseau, Charlie Chaplin, Dinu Lipatti, Ramuz, Strawinsky ... und wo in Lausanne, oben über dem See, am Montbenon, meine mütterliche Verwandtschaft wohnte.

Die nächtliche Fahrt war wie ein aus Erinnerungssequenzen zusammengestückelter Film, der im Tempo des Wagens ablief und an der grauen, im Dämmerlicht liegenden Einfahrt zum Parkplatz des Krankenhauses endete.

Ich wartete auf dem Flur des Krankenhauses. Türen wurden geöffnet und geschlossen, Schuhsohlen quietschten auf dem Linoleum, eilig und in ausgreifenden Schritten wurden Wagen mit Geräten vorbeigeschoben, ließen eine Leere zurück, von grünlichem Neonlicht erhellt. Die Angst um Isabelle hatte meinen Bergaufenthalt weit weggerückt, und was mich dort oben im Tal beschäftigt hatte, gehörte zu einem Leben, das mir angesichts der möglichen Folgen von Isabelles Unfall belanglos erschien.

Endlich konnte ich einen Arzt sprechen. Isabelle sei schwer gestürzt, sagte er. Stürze von Leitern hätten oft schwerwiegende Folgen. Die neurologischen Untersuchungen seien noch nicht abgeschlossen, doch hoffe man, dass es zu keiner Rückenmarksverletzung gekommen sei, die Lähmungen zur Folge haben könne. Am Nachmittag wisse man mehr.

– Thyl, sagte Isabelle, als ich an ihrem Bett stand. Ich kann dir nicht sagen, wie es passiert ist. Ich erinnere mich nur an den Fall, nein, an den Moment, da ich das Gleichgewicht verlor, die Leiter zur Seite kippte. Während des Sturzes, bevor es dunkel wurde, habe ich mich allein auf dem Pausenplatz unserer Grundschule gesehen. Ich trug einen Wollrock und den gestrickten Pullover, Kleider, die unsere Ärmlichkeit nur zu deutlich nach außen trugen. Der Platz im grauen, nebligen Morgenlicht war leer, niemand war da, und eine dumpfe Stille umgab mich. Ich war allein.

Ich ließ mich beurlauben, schrieb an Sabine, dass ich jetzt gebraucht würde und mich auch künftig um Isabelle kümmern wolle, mietete ein Zimmer in einer Pension, unweit des Krankenhauses. Ich war nicht der Einzige, der Isabelle besuchte. Ich zog mich zurück und war erleichtert, als der junge Mann nach einem weiteren Besuch fernblieb.

Die Resultate der neurologischen Untersuchungen lägen vor, der Oberarzt stand mit dem Dossier am Bett, während Isabelle ihn aus ihren dunklen Augen erwartungsvoll ansah, ihr schmales, blasses Gesicht umrahmt von Haarsträhnen.

– Es hat ein wenig gedauert, sagte er. Wir wollten noch Laborwerte abwarten, doch ich kann Ihnen einen guten, einen sehr guten Bescheid geben. Unsere Befürchtungen haben sich nicht bestätigt, es gibt keinen neurologischen Befund ...

Isabelle weinte. Sie hatte Angst gehabt, durch eine Verletzung des Rückenmarks gelähmt zu sein.

– Sie hatten großes Glück! Sie werden sich zwar vor Schmerzen noch eine Weile kaum rühren können, doch das sind die Folgen von Prellungen.

Unter denen hätte sie noch zu leiden. Man plane deshalb, sie so bald als möglich zur weiteren Behandlung in eine Rehabilitationsklinik zu verlegen.

Auf eine Leiter würde sie nicht mehr steigen, sagte Isabelle, doch beim Theater wollte sie bleiben, Licht und Ton betreuen, auch wenn eine Weiterarbeit mit Pearl bei der jetzigen Produktion nicht möglich sei.

– Das Mischpult hinter der Bühne ist der Ort, wo ich künftig sein möchte.

Ich aber würde kündigen. In der Stunde auf dem Flur des Krankenhauses, als ich noch nicht wusste, was Isabelle geschehen war, hatte ich gespürt, wie unwichtig all das wurde, was mich noch wenige Stunden zuvor im Berghotel beschäftigt hatte. Meine Zeit am Institut ging zu Ende, mein überlanger Sommerjob war vorbei. Die sechs Jahre würden eine wichtige Zeit gewesen sein, doch ich hatte genug erlebt und genug von dieser Welt gesehen. Ich brauchte ihr nicht länger anzugehören. Die Kündigungsfrist betrug ein halbes Jahr. Genügend Zeit, um abzuschließen, was ich begonnen hatte – und zuzuschauen, wie die Kämpfe endeten, die offenbar mit meiner Anstellung begonnen hatten.

# 22

– Willkommen in der Zentrale!

Ich war nach zwei Wochen unbezahltem Urlaub ans Institut zurückgekehrt.

– Du glaubst nicht, was hier los ist. Wir sind jetzt die Kommandozentrale einer neuen Bewegung.

Worum es sich handle, fragte ich, doch Wera winkte ab.

– Lass es dir von Lavetz erklären. Mir ist es ehrlich gesagt zu blöd.

Ich setzte mich aufs Schandbänkchen und wartete, von Lavetz wahrgenommen zu werden. Hektisch sah er Papiere durch, telefonierte, machte Notizen und verteilte Aufträge. Alle Müdigkeit und Verbrauchtheit war von ihm abgefallen, etwas von der Vitalität, die er als Sekretär von Al Balt gehabt haben musste, war zurückgekehrt: Ein Feuer brannte in ihm, strahlte aus, verstärkte das Charisma, das er ohnehin hatte.

In Brocken erfuhr ich zwischen Telefonaten und Aufträgen, worum es bei der Bewegung ging: Al Balt hatte sein Handelsunternehmen in Genossenschaften unterteilt, in denen jeder Kunde sich als Anteilseigner registrieren konnte, was ihm ein Recht auf Mitbestimmung bei

Wahlen gab. Ein kleiner Verein hatte in der Vergangenheit versucht, dieses Recht unter den abertausenden Genossenschaftern bekannt zu machen, jedoch ohne Erfolg. Nun aber würde Lavetz aus dem Verein eine politische Bewegung formen, die mittels des Wahlrechts ihrer Mitglieder den Konzern zwingen wollte, nach ökologischen Richtlinien zu handeln und zu produzieren. Damit dies auch tatsächlich getan und umgesetzt würde, müsste bei den nächsten Wahlen einer ihrer Vertreter in das höchste Gremium der Wilfors gewählt werden, und dieser Kandidat konnte nur Lavetz selbst sein.

Während ich am Bett von Isabelle gesessen und gehofft hatte, sie würde rasch genesen, musste Lavetz erkannt haben, dass seine Vortragstätigkeit nicht vorhielt, sich die immer gleichen Themen abnutzten und ihn der abnehmende Erfolg nicht länger vor einer Untersuchung und Kündigung schützen würde. Er musste einen Schritt weiter gehen, etwas Unerwartetes tun, das ihn zurück in die Medien brachte. Er hatte – wie ich vermutete – lange seinen Nasenrücken gerieben, bis er die Lösung gefunden hatte, auf die er jetzt seine Kraft und Zeit verwandte: Er würde eine Bewegung von Genossenschaftern gründen, die mächtig genug wäre, Ferballaix zu stürzen und ihn selbst an die Konzernspitze zu bringen. Fieberhaft arbeitete er an der Gründung der Bewegung »W – die grüne Erneuerung«.

Meine Kündigung überraschte im Institut zwar, doch man war zu sehr mit den Vorbereitungen der Pressekonferenz beschäftigt, bei der die Bewegung vorgestellt und die Kampfkandidatur von Lavetz bekannt gegeben werden sollte. Im Anschluss würde Lavetz an historischer Stelle eine Rede halten. Die Wilfors sollte angeklagt werden, durch ihr Gewinnstreben das Erbe Al Balts verraten zu haben. Die Schuld trage die jetzige Führung, es gehe jetzt um Rückbesinnung auf die gesellschaftlichen Ideale des Gründers und eine zeitgemäße ökologische Ausrichtung des Konzerns.

Am Institut hatte sich eine starke Fraktion gebildet, die sich für Lavetz und die Bewegung einsetzte, Überstunden machte und an abendlichen Treffen teilnahm. Sie bestand im Kern aus der neuen Abteilung. Dazu kamen zwei Mitarbeiter von Martin Schwarz-Egersheim und zwei Projektleiter meiner Abteilung. Ich brauchte mich weder für die Wilfors noch für die Bewegung zu entscheiden. Durch die Kündigung war ich im Gerangel um Einfluss und Stellung unwichtig geworden. Es gab zwar den Verdacht, ich würde das Institut verlassen, um im Fall von Lavetz' Niederlage ans Institut zurückzukehren, vielleicht sogar als dessen neuer Leiter. Ich tat nichts, um diese Gerüchte zu entkräften, im Gegenteil. Ich ließ durchblicken, über Informationen zu verfügen, die selbst Lavetz nicht hatte. Ich wüsste beispielsweise, dass die Wilfors beabsichtige, die Statuten zu ändern, um die Wahl eines Genossenschafters in das oberste Leitungsgremium zu erschweren.

Dieses angebliche Wissen bestand aus dem, was ohnehin offensichtlich war, die meisten nur nicht wahrhaben wollten. Man würde bei der Wilfors nie zulassen, dass jemand wie Lavetz an die Konzernspitze käme.

Lavetz hatte mit dem Volksplatz einen geschichtsträchtigen Ort für das Bekanntmachen seiner Bewegung gewählt. Bei den Unruhen nach dem Ersten Weltkrieg hatten dort Soldaten in die Menge von streikenden Arbeitern geschossen. An die Toten erinnerte ein Denkmal, neben dem für die Veranstaltung eine Bühne aufgebaut worden war. Davor versammelten sich die Leute, die Menge wuchs, und der Platz war nahezu voll von Neugierigen, als Lavetz ans Mikrophon trat.

– Auf diesem Platz, begann er, ohne Begrüßung, ohne Einleitung, und seine Stimme hallte über die Köpfe weg. Auf diesem Platz hat sich vor beinahe fünfzig Jahren eine Tragödie ereignet, die man in einem freiheitlichen Land nicht für möglich gehalten hat. Die eigenen Soldaten schossen auf ihre Landsleute. Seither wissen wir, zu was die Mächtigen auch in unserem Land fähig sind, fühlen sie sich bedroht. Sie werden wieder auf uns schießen, nicht mit Kugeln, aber mit Worten, Lügen, Diffamierungen.

Lavetz machte eine Pause, stand auf der Bühne in Pullover und Jeans, das Haar nach hinten gekämmt, sah versonnen auf die Menge unter sich. Als in der Stille erste Rufe zu hören waren und Unruhe aufzukommen drohte, hielt Lavetz einen Umschlag in die Höhe.

– Ich habe euch etwas mitgebracht. Ich habe heute Morgen ein Schreiben erhalten, und darin steht …

Er faltete langsam das Briefpapier auseinander, tat, als ob er nochmals lesen müsste, was er selbst nicht glauben konnte, blickte mit dem Ausdruck des Erstaunens auf.

– Hier steht, dass ich mit sofortiger Wirkung als Leiter des Instituts für Soziales freigestellt werde und von all meinen Aufgaben entbunden sei. Eine fristlose Kündigung. So reagieren Leute in den Chefetagen, wenn man verlangt, was einem statutarisch zusteht: dass jeder Genossenschafter berechtigt ist, an der Wahl in das oberste Gremium der Wilfors teilzunehmen.

Eine Welle der Empörung lief durch das Publikum, brandete hoch mit Buhrufen und einem Pfeifkonzert. Es dauerte eine ganze Weile, bis Lavetz weitersprechen konnte, und ich war verblüfft, dass er die Menge nicht weiter aufpeitschte, sondern sich besonnen und nachdenklich gab. Er redete davon, dass sie alle an diesem denkwürdigen Ort zusammengekommen seien, um ebenfalls etwas bisher Undenkbares in unserem Land zu tun: die Mitbestimmung an der Art des Wirtschaftens zu erkämpfen.

– Wir verlangen die Demokratisierung der Entscheidungen in den Betrieben, ökologische Strategien im Umgang mit Ressourcen, als Genossenschafter einen Sitz im obersten Führungsgremium des Konzerns. Die Wilfors als größter Handelskonzern des Landes werde das erste Beispiel partizipierenden Wirtschaftens sein.

## 23

Ich hatte mich hinter der Menge herumgetrieben und ging noch vor Ende von Lavetz' Rede hinüber zum Grohner-Saal, genannt nach dem Arbeiterführer, in dem die vorangegangene Pressekonferenz stattgefunden hatte. Er war jetzt leer, bis auf ein paar Leute, die Stühle stapelten und die Technik abbauten. Ich war ziemlich verblüfft, Fania dort zu sehen, die beim Aufräumen half. Als sie mich bemerkte, begrüßte sie mich begeistert.

– Thyl, schön, dass auch du da bist und dich unserer Bewegung anschließt.

– Würde es um die Themen gehen, für die ihr kämpfen wollt, wäre ich dabei.

– Um die geht es doch! Sieh dir die Menschen an, die gekommen sind. Sie wollen, was auch wir wollen, dass sich in diesem Land etwas bewegt ...

Fania sah durchs Fenster auf den von Zuhörern überfüllten Platz und auf Lavetz, der mit beschwörenden Gesten noch immer sprach, unterbrochen von Applaus.

– Werner ist der Mann, der es schafft, wenigstens in einem ersten Großunternehmen die Veränderung herbeizuführen, die es künftig braucht.

Etwas flapsig sagte ich:

– Veränderungen? Ich denke, die einen wollen hinauf und die anderen nicht herunter. Mit ein wenig Nachdenken kannst du dir im Fall von Lavetz ausmalen, wie die Sache endet.

– Du tust mir leid, Thyl, du bist ein Zyniker geworden, der nicht glauben will, dass jemand wie Werner sich für ein Ziel einsetzt und kämpft, weil er es für richtig und wichtig hält.

Sie wandte sich abrupt ab, ließ mich stehen, und es konnte nicht in ihrem Sinn sein, dass wir uns in den folgenden Wochen öfter begegneten. Sie hatte sich beurlauben lassen und war so etwas wie die Stabschefin von Lavetz geworden. Sie zeigte ein erstaunliches Talent, Kundgebungen zu organisieren, Lavetz Auftrittsmöglichkeiten zu verschaffen, die Presse mit Skandalen der Wilfors zu beliefern – wie zum Beispiel, dass die Delegierten des Genossenschaftsrats der Wilfors die Statuten tatsächlich geändert hatten, um die Teilnahme eines Genossenschafters an den Wahlen zum obersten Gremium des Konzerns zu erschweren. Die Wilfors-Leute wurden nervös.

Marker kehrte als Interimsleiter ans Institut zurück. Noch war der Zeitpunkt für weitere Entlassungen nicht gekommen, doch er stellte die Liste derjenigen Mitarbeiter zusammen, die nach der Wahl gehen müssten. Kündigungen zum jetzigen Zeitpunkt würden die Empörung nur anfachen und Lavetz' Bewegung stärken. Marker, der jetzt an meiner Stelle an den Montagssitzungen teilnahm, erzählte mir, wie beunruhigt man über Lavetz' Bewegung sei. Man habe nicht mit einer so großen Zustimmung zu seiner Kandidatur gerechnet.

Marker bekam einen stumpfen Gesichtsausdruck, wenn er zusehen musste, wie allabendlich Mitarbeiter des Instituts hinüber ins Steinhaus pilgerten. Ich ging anfänglich zwei, drei Mal mit. Im Kaminzimmer, das ich vom Abend der Maronenbraterei her kannte, war nach Lavetz' Kündigung die Kommandozentrale der Bewegung untergebracht. Um ein aus verschiedenen Tischen zusammengestelltes Rechteck saßen die Helfer und Unterstützer, Mitarbeiter des Instituts, auch Fania und Lavetz, und es herrschte eine verschwörerische Atmosphäre. Es wurde heftig debattiert, man schlug neue Aktionen vor, schmiedete Pläne, die phantastische Züge annahmen, je weiter der Abend vorrückte und der Alkoholpegel stieg. Immer abwegigere Ideen wurden mit erhitzten Gesichtern vorgeschlagen, und niemand, buchstäblich niemand am Tisch schien zu bemerken, wie jeder Bezug zur Realität verloren ging. Der Ton wurde schriller, die Forderungen maßloser, die Anschuldigungen absurder. Während einer Veranstaltung, drei Monate vor der Wahl, ließ Lavetz durchblicken, ihm seien Papiere zugespielt worden, die belegten, dass es einen geheimen »Round-Table« gebe. Wirtschaftsvertreter international agierender Industrieunternehmen betreiben Planspiele, wie mittels der Globalisierung Wege gefunden werden könnten, die nationalstaatlichen Regierungen zu kontrollieren und Eingriffe in die Marktgesetze zu verhindern. Die Produktion ließe sich ohne gesetzliche Einschränkungen ausweiten, und Lavetz verlas einen Katalog heimlich angestrebter Ziele, vom Abbau sozialer Leistungen bis zum Heraufsetzen von Grenzwerten bei Schadstoffen.

– Ich war die rechte Hand Al Balts, sagte Lavetz während der Kundgebung, der gegen die Konzerne und Kartelle gekämpft hat. Ich habe am Institut für Soziales sein Erbe verteidigt. Ich werde seine Nachfolge antreten und den Kampf weiterführen und die Verschwörung der Weltwirtschaft aufdecken, an der auch die Wilfors beteiligt ist ...

Ein Journalist, den ich von den Tagungen her kannte und der sich Lavetz' Auftritt angehört hatte, zuckte leicht die Schultern, schüttelte den Kopf.

– Das nimmt ihm doch keiner ab, dieses Gerede von einer heimlichen Verschwörung. Wenn er sie kennte, könnte er sie doch jetzt schon aufdecken. Wer wird schon so eine absurde Behauptung glauben ...

Doch nicht nur, dass der Journalist am nächsten Tag diese »absurde Behauptung« in der Zeitung kolportierte, er täuschte sich auch in der Annahme, niemand würde Lavetz glauben. Die Mitgliederzahl der Bewegung stieg sprunghaft an, Lavetz war mehr denn je in den Medien präsent, und die aufkommende Wirtschaftspolitik der Deregulierung und Privatisierung machte die weltweite Verschwörung der Konzerne gegen den Staat anscheinend plausibel.

Doch dann war der Spuk vorbei. Am Tag der Wahl und der Bekanntgabe des Ergebnisses gab es noch eine Demonstration vor dem Hauptsitz der Wilfors. Eine Gruppe Radikaler versuchte, ins Gebäude einzudringen, schlug die Eingangstür ein und verwüstete das Foyer, doch die Sieger saßen im zehnten Stock: Lavetz hatte einen Achtungserfolg erzielt, wie es in der Berichterstattung hieß, mehr aber nicht.

# 24

Im Spätsommer nach den Wahlen in den Genossenschaftsrat der Wilfors schrieb mir Serge, ob wir uns treffen könnten. Er sei zur Beerdigung seines Vaters in Ruhrs und bleibe noch zwei Wochen. Ich war überrascht, ich hatte nicht damit gerechnet, Serge wiederzusehen. Nach unserem letzten Treffen hatte ich ihm geschrieben, ich hätte nicht geahnt, wie sehr ihn Fanias Verhältnis mit Lavetz treffen würde, ich wäre sonst zurückhaltender gewesen. Es kam nie eine Antwort. Was konnte er jetzt von mir wollen?

Wir verabredeten uns wie in den alten Zeiten in der Klosterstube. Serge sah gut aus, und das nicht nur wegen der modisch-eleganten Kleidung. Er strahlte eine lässige Selbstsicherheit aus, trat an den Tisch, legte, bevor er sich setzte, einen beigen, abgegriffenen Ordner vor mich hin.

– Da!
– Und was soll ich damit?

Serge bestellte einen Bourbon.

– Er ist endlich gestorben.
– Ich wusste es nicht. Tut mir leid.
– Es braucht dir nicht leidzutun.

Serges Mutter hatte sich um die Finanzen und Steuern nie gekümmert. Sie bat deshalb Serge, bevor er zurück nach Boston fliege, ihr behilflich zu sein, Ordnung in all die Unterlagen zu bringen, damit sie danach mit den Bank- und Verwaltungsgeschäften allein zurechtkäme.

– Ich habe also aufgeräumt, das Pult und den Aktenschrank, und bin dabei auf diesen Ordner gestoßen.

Er nahm einen sehr langsamen Schluck vom Whiskyglas, der mich an die Trinkgewohnheit von Lavetz erinnerte. Serge sah mich ernst an.

– Ich musste dich treffen, um dir den Ordner zu geben. Ich wollte dir – face to face – sagen, was er enthält. Darin findest du die Dokumente, wie mein Vater deinen Vater betrogen hat. Er ist es gewesen, der deine Familie um Ruf und Vermögen gebracht hat, und das noch nicht einmal besonders raffiniert. Durch den täglichen Umgang hat er früh erkannt, was für ein gutgläubiger und anständiger Mensch dein Vater war, dem nie eingefallen wäre, jemand könnte ihm schaden wollen. Und mein Vater brauchte Geld.

Dass Vaters engster Mitarbeiter, mit dessen Familie wir befreundet waren, ihn um Stellung und Vermögen gebracht hatte, war ein Schock.

– Mein Vater, sagte Serge, beneidete euch um die Villa und euren Lebensstil. Er wollte haben, was ihr hattet, und da das Geld nicht reichte, nahm er immer wieder größere Summen aus der Geschäftskasse. Als Finanzchef ließ sich dies eine Zeit lang verbergen, doch die Fehlbeträge wuchsen und mussten ausgeglichen werden, der Betrug drohte entdeckt zu werden. Erinnerst du dich an den kleinen Herrn Adler, an den schmalgesichtigen Pedanten in der Buchhaltung? Er war Vater auf den Fersen …

Trotz des Schocks über das, was Serge erzählte, fühlte ich auch Erleichterung. Vater hatte nichts Unrechtes getan, wie in Ruhrs damals das Gerücht umging, und ich als Junge fürchtete, es könnte wahr sein.

– Es tut mir leid, sagte Serge, doch ich kann mich für meinen Vater nicht einmal schämen. Dafür war er mir nicht nah genug. Und er hat gebüßt, denn damals begann er zu trinken – und der Alkohol hat nicht nur ihn zerstört, sondern auch unsere Familie.

Serge drückte mir beim Abschied zusätzlich zum Ordner noch einen Umschlag in die Hand.

– Das Mindeste, das ich tun kann.

Ich hatte den Brief in den Ordner gelegt, und der lag seit dem Treffen unberührt auf dem Küchentisch.

Als Isabelle einen Mürbeteig zubereitete, sie den Tisch zum Kneten brauchte und den Ordner zur Seite räumte, fiel der gelbe Umschlag zu Boden.

– Den hat mir Serge beim Abschied gegeben.

– Und was schreibt er?

Ich sah zu, wie sie trotz der Schmerzen mit bemehlten Händen den Teig flach klopfte und die zu dünnen Stellen mit einem Klümpchen ausbesserte. Das Ausheilen der Prellungen zog sich hin. Noch immer konnte Isabelle kaum schlafen, und an eine Weiterarbeit im Theater war vorläufig nicht zu denken.

– Ich habe ihn noch nicht geöffnet. Ich scheue mich zu lesen, was er schreibt. Du kannst ihn gerne öffnen und nachsehen …

Als Antwort streckte sie mir ihre mehligen, vom Teig verklebten Hände entgegen.

– Du musst es schon selber tun.

Im Umschlag steckten ein Brief und die beurkundete Übereignung des Ferienhauses in Finnland.

Serge schrieb:

*»Das Haus gehört Dir und hat Dir schon immer gehört. Du weißt, ich habe es gehasst, jeden Sommer nach Finnland zu fahren, miterleben zu müssen, wie Vater sich betrank, aggressiv gegen Mutter wurde, wenn er sie auch nie tätlich angriff. Er war ein Worttäter, der mit Reden verletzte, und fast kein Tag verging, da sie sich nicht ins Schlafzimmer einschloss und gerötete Augen hatte. Ich hockte unten am Strand oder lief in den Wald, versuchte, die Tage herumzubringen, ohne allzu viel von dem mitzubekommen, das ich nicht verstand. Vater hatte das Ferienhaus nach dem Vorfall in der Firma gekauft, und es war ein Teil Eures Geldes, mit dem er das Haus gekauft hatte. Wie ein Krimineller – der er ja auch war – musste er jeden Sommer dorthin zurückkehren, wo sein Betrug zu einem Haus am See inmitten unabsehbarer Wälder geworden war.*

*Dieses Haus gehört Dir!«*

*Serge.*

# 25

Ich hatte nicht erwartet, Fania nach den vielen Wochen seit dem Ende der Kampagne für Lavetz' Wahl in den Genossenschaftsrat nochmals zu sehen. Doch unvermittelt standen wir uns auf der Straße gegenüber. Sie trug hochhackige Schuhe, eine schwarze Hose und einen Rollkragenpullover, dazu einen Schal, der mit seinen kräftigen Farben ihr Gesicht und ihr helles Haar zur Geltung brachte. Sie sah jung aus, lachte und wirkte unbeschwert.
– Mitten am Tag unterwegs?, fragte ich. Keine neuen weltumstürzenden Geburten mehr?
– Und du? Vorbei mit den epochemachenden Kongressen?
Wir umarmten uns, lachten, und auf dem Weg in ein nahegelegenes Lokal erzählte ich Fania, dass ich mich beim Rundfunk beworben hätte. Betreuung von Sendungen zu aktuellen Gesellschaftsfragen.
Sie habe im Frauenspital schon vor Monaten gekündigt.
Wir fanden eine ruhige Ecke an einem flüchtig abgewischten Marmortisch, bestellten Kaffee, Fania auch eine Süßigkeit.
– Ich habe Serge bei der Beerdigung seines Vaters ge-

troffen, sagte sie, und nach einem Moment, in dem sie wie abwesend über die Tische und durch die Wände in die Ferne schaute, sagte sie:

– Ich werde nach Amerika gehen.

– Zu Serge?

– Er hat mir angeboten, die erste Zeit, bis ich eine Arbeit gefunden habe, bei ihm zu wohnen.

– Und Werner?

Sie senkte den Blick, sah vor sich auf ihre feingliedrigen Hände, die ich immer bewundert hatte. Ihre Finger waren wie geschaffen für eine einfühlsame und präzise Arbeit. Fania fiel es offensichtlich schwer, über Lavetz zu sprechen, und ich wartete, bis sie aufblickte und ein verlegenes Lächeln sehen ließ.

– Ich habe nicht für möglich gehalten, dass mir etwas Ähnliches geschehen könnte. Ich hielt mich als Ärztin für gefeit gegenüber irrationalen Theorien. Werners anfängliche Forderungen waren richtig, auch berechtigt gewesen, wie ich heute noch glaube. Doch spätestens bei der Geschichte von der Verschwörung der Weltwirtschaft, von der er zum Schluss sprach, hätte ich merken müssen, dass es um Hetze und nicht mehr um eine Sache ging.

Fania rührte die Tasse Kaffee nicht an, saß konzentriert da, und im Gesprächslärm des Lokals war eine Stille um sie.

Dann machte sie ein Geständnis, das augenblicklich meine Zuneigung zu ihr zurückbrachte.

– Ich musste erkennen, dass ich nicht so rational denke

und handle, wie ich glaubte, es zu tun. Ich bin wie jedermann verführbar. Und nicht allein durch Ideen.

– Was ist mit Lavetz nach der Wahl geschehen? Ich habe ihn nicht mehr gesehen, seit er das Steinhaus räumen musste.

– Ich habe keinen Kontakt mehr. Er soll sich in ein Dorf im Engadin zurückgezogen und alle Brücken hinter sich abgebrochen haben. Er will niemanden mehr sehen, und ich vermute, er hat tatsächlich an die Möglichkeit eines Sieges geglaubt.

Nachdem die Rechnung bezahlt war, wir uns vor dem Lokal verabschiedeten, sagte Fania:

– Etwas Gutes hat diese Zeit gehabt, auch das Zusammensein mit Werner. Ich wurde aus der Routine meines Ärztealltags gerissen, und ich habe gegen innere Widerstände entdeckt, dass ich mich von Serge nicht wirklich gelöst habe. Als ich ihn bei der Beerdigung sah, habe ich davon nichts gesagt, doch dass die Affäre mit Lavetz notwendig gewesen ist, mich von meinem früheren Leben zu trennen, das habe ich versucht, ihm zu erklären.

– Auch wenn Fania es sich wünschen sollte, ich glaube nicht, dass sie und Serge wieder zusammenkommen, sagte ich zu Isabelle, als ich ihr von der Begegnung mit Fania erzählte. Serge wird ihr die Affäre mit Lavetz nie verzeihen.

Wir spazierten an der Seepromenade entlang durch den Park zum Seerestaurant. Es war ein noch warmer Spätsommertag, die Sonne stand tief über der Wasserfläche, spiegelte ihre Strahlen in einem breiten Kupferband, wärmte unsere Gesichter.

– Serge war schon als Junge von einem Rigorismus, der mich oft erstaunt, aber auch befremdet hat. Bei Ungerechtigkeiten oder wenn jemand unlauter handelte, brach er den Kontakt augenblicklich ab. Deshalb, glaube ich, wird er sich auf Fania nie wieder einlassen, und auch ich werde ihn nicht mehr sehen. Er wird nie vergessen, was seine Familie der unseren angetan hat. Für mich aber ist diese alte Geschichte endlich geklärt und damit zu Ende.

Was ich mit dem Haus machen wolle?, fragte Isabelle.

– Falls ich die Stelle beim Rundfunk auf Anfang des nächsten Jahres bekomme, könnte ich bis zu den Feiertagen im Dezember nach Finnland fahren.

Ich wolle mir das Haus ansehen, jetzt mit anderen Augen, schauen, was sich daraus machen lasse – und erst einmal Ordnung schaffen. Nicht nur im Haus.

– Ich habe in den letzten Jahren einiges erlebt, das gesichtet und geordnet gehört.

Isabelle sah mich schräg und von unten mit diesem versonnenen Blick an, den ich nur von ihr kannte und so sehr liebte. Es musste ihr schwerfallen, den Satz zu sagen, der sich ihr aufdrängte:

– Du weißt aber, dass ich nicht mitkomme.

– Selbstverständlich weiß ich das.

– Und du empfindest es nicht als Bruch wie bei Serge, als Fania nicht mit ihm nach Boston zog?

Manchmal muss man aussprechen, was im Grunde keine Wörter braucht. Seit Isabelles Unfall hatte sich unsere Liebe vertieft, sie war in Schichten gedrungen, die sie vorher nicht erreicht hatte. Obwohl wir beide um diese neue und stärkere Verbindung wussten, fühlte sie sich wie eine Lockerung an – und während mich dies anfänglich irritiert hatte, verstand ich mit der Zeit, dass diese Lockerung auf Vertrauen beruht: Wir waren uns unverlierbar geworden. Wir würden jeder unsere Wege gehen, ohne befürchten zu müssen, unser Verbundensein zu gefährden.

Wir erreichten das Seerestaurant, setzten uns auf die Terrasse am Wasser, blickten auf die wellig bewegten Spiegelungen schwankender Schilfhalme. Leicht schlugen die Wellen an die Mauer der Terrasse, ein plätschernd rhythmisches Geräusch, und der lange Kupferstreifen zog sich in die Weite der Wasserfläche, wurde schmaler, würde erlöschen.

– Wirst du das Haus in Finnland behalten und öfter hinfahren? Die Sommer dort verbringen?

Ich sagte, ich wüsste es nicht.

– Vielleicht arbeite ich zwei, drei Jahre beim Rundfunk, sagte ich augenzwinkernd, verkaufe das Haus und übernehme dann das unrentable Geschäft deines Vaters und übersetze literarische Werke.

– Dann werde ich mich sofort von dir scheiden lassen.

– Und zuvor willst du mich heiraten? Falls dies ein verschlüsselter Antrag mit etwas Kleingedrucktem gewesen sein sollte, so ist er angenommen.

## 26

Rund zwei Monate habe ich in Finnland verlebt, inmitten einer verschneiten Landschaft. Es waren einsame Wochen, und nicht nur die Dunkelheit und der Schnee waren ungewohnt, es war seltsam, in einem Haus zu wohnen, das mir gehörte, doch nichts von mir enthielt. Was immer es in den Zimmern, in Schränken und Schubladen gab, war von den Martons. Die ersten Wochen verbrachte ich mit Räumen. Dinge, von denen ich glaubte, sie könnten Serge wichtig sein, schickte ich an seine Mutter. Viel war es nicht. Etliches warf ich weg, mit dem Übrigen versuchte ich, mich einzurichten. Doch eine eigene Atmosphäre in dem Haus zu schaffen, gelang mir nicht. Lediglich ein kleiner Tisch, an dem ich schrieb, umgeben von Büchern, war ein beheimateter Ort. Täglich machte ich einen Spaziergang mit den Schneeschuhen, die ich in einer Kammer entdeckt hatte. Ich liebte es, ruhig durch das Dunkel des Waldes zu laufen, auf die Stille zu lauschen, in der kleine Geräusche – das Knacken eines Astes, der Ruf eines Tieres – wie Lautinseln waren, die kurz auftauchten und wieder versanken. Ich las viel und hatte Zeit, über die Jahre am Institut nachzudenken.

An einem späten Nachmittag, nach einer Schneewanderung, machte ich mir einen Grog, setzte mich ans Tischchen und schrieb Lavetz' Worte hin, mit denen alles begonnen hatte:

»Wir haben zwar keine Arbeit für Sie, aber Sie fangen am nächsten Montag an.«

Der Verlag behält sich die Verwertung der urheberrechtlich
geschützten Inhalte dieses Werkes für Zwecke des Text- und
Data-Minings nach § 44 b UrhG ausdrücklich vor.
Jegliche unbefugte Nutzung ist hiermit ausgeschlossen.

Penguin Random House Verlagsgruppe FSC® N001967

1. Auflage
Copyright © 2024 Luchterhand Literaturverlag
in der Penguin Random House Verlagsgruppe GmbH,
Neumarkter Str. 28, 81673 München
Umschlaggestaltung: buxdesign | Ruth Botzenhardt unter
Verwendung eines Motivs von plainpicture/Bias
Satz: Uhl + Massopust, Aalen
Druck und Einband: GGP Media GmbH, Pößneck
Printed in Germany
ISBN 978-3-630-87776-1

www.luchterhand-literaturverlag.de
facebook.com/luchterhandverlag